徙

Moving Around

姚茵 著

生活·讀書·新知 三联书店

图书在版编目(CIP)数据

徙/姚茵著.—北京:生活·读书·新知三联书店,2017.12
ISBN 978 - 7 - 108 - 06034 - 1

Ⅰ.① 徙 …　Ⅱ.① 姚 …　Ⅲ.① 散 文 集－中 国－当 代
Ⅳ.①I267

中国版本图书馆 CIP 数据核字(2017)第 188157 号

责任编辑　麻俊生
插　　图　姜在英
封面设计　储　平
责任印制　黄雪明
出版发行　生活·讀書·新知 三联书店
　　　　　(北京市东城区美术馆东街 22 号)
邮　　编　100010
印　　刷　常熟文化印刷有限公司
版　　次　2017 年 12 月第 1 版
　　　　　2017 年 12 月第 1 次印刷
开　　本　880 毫米×1230 毫米　1/32　印张　8.125
字　　数　130 千字
定　　价　38.00 元

序

　　我的非虚构文学作品集《徙》要出版了，长久积压在心里的一种痛，像是缓缓得以释放。这痛欲喊却不能，只是在心里蔓延。我写的是一群让我痛、让我爱的女性。有的是我亲近的友人，有的是帮助过我的师长，有的是我带过的博士生，也有的是亲戚，还有我所居住过的在社区里常被人们提起的"难以忘却的人"。把这些人和事串联起来的，便是一个"徙"字。"徙"，包含了地理位置上的迁移，更展示了一些比较复杂的灵魂在不同文化场域中的出入和挣扎。这些女性，因为不同的原因而离开了自己的文化母体。她们的年龄不同，性情各异，却有着相似的执着和无畏。一个个似自由翱翔的飞鸟，如刀尖上翻飞的舞者，像眼角旁的飞星，又如秋天的落叶，总之是千姿百态,让人难以忘怀。

那些女性的笑似乎是吝啬的。她们曾经有过的笑,令我生怜。她们能够忍受贫穷、误解,甚至是被抛弃,她们不能容忍被剥夺思想与呼吸。这群活生生的女子,留下了多姿多彩的情感故事。她们像是挂在我卧室里的一幅幅油画,在无眠的夜里,她们从画里走下来,其表情和姿态常引起我长久的思考。如果说她们有什么共同点的话,那就是一种"痴"。关于"痴",诗人徐志摩这样写过:"我信我确然是痴;/但我不能转拨一支已然定向的舵,/万方的风息都不容许我犹豫——/我不能回头,/运命驱策着我!"

也许是由于运命的驱策,无论是如飞蛾投火般的瞳冥,还是一辈子等着爱的钟太,都在异地他乡结束了自己的生命。瞳冥的才华和爱情留在了爱荷华的墓地里,而钟太对男人有过的所有幻想也留在异乡的土地上。当牧师念着祷文,信神的瞳冥也许可以安眠,而钟太是否还在试图理清自己曾经的信仰?

我是一个有心理学背景和研究精神病发病机理的学者,在日常生活中会习惯性地关注周围的每一个人,尤其是关注其心理流变,以及一些心理病象的历史因缘。我的这个文集里所展现的情境,比如家教、婚姻、顺逆、国度和城市、年龄以及心性，无不是人性和命运的交响。无论是少女瞳冥的结局，钟太或身为苏俄后代的凯瑟琳的结局，都真实到残酷。我坚信只有通过展示残酷，才能令读者体味到性格和命运的最真实的结合。

最后有一个文体方面的问题。把一群我非常熟悉的女性的真实故事放到一个集子里，算得上是文学作品吗？是的，在故事陈述方面，我忍不住用了一点小说的技巧。但人物的性格、事件和命运的归结，是笔者从生活中获取的。这种真真假假的缠绕，常常让我觉得离文学的虚构很近，而离身边的纪实很远。

我熟悉的女作家中，比较喜欢张爱玲。我常常觉得张爱玲的散文，比她的小说更可读。所以，自己的写作中，不知不觉会受到一点影响。如这本集子中的《等》，就略沾一丝张的风格。而在其他的故事里，我尝试着西方现代小说的风格。在一个集子里，使用了中西两种风格，是想让不同年龄，以及不同人生经验的读者来关注这个集子，希望他们不要把这本集子里的文字当成虚构的小说来看。大约是八年前，华东师范大学中文系的杨扬教授曾评论过我的小说《归梦》。他说："跟以往的留学生题材的作品比，《归梦》在表现上要深入得多。这种深入，主要是写作者的心态较之最初的闯荡者们的心态，要显得平和从容。作者的国族意识淡化与生存意识的加强,使作品面对的异域生活世界更加开阔。"我想他认真地注意到了我的写作的某种状态。如今我把描写异域生活世界的集子《徙》献给读者。跟以往的作品相比,这本集子不急于把人物写满,而是刻意留点空间给读者,让他们自己去想象。我觉得,如果我叙述的故事让读者有兴趣,他们愿意自己去联想,那就值了!

目 录

徒

等

钟太和小杭约在纽约法拉盛的东湖餐馆见面。护工金凤陪她在店门口等。坐着轮椅的钟太告诉她,小杭长着一张圆面孔,身材不高,长鼻子上有四粒雀斑,三大一小。金凤嘘气成云,瞪眼看着走过的圆面孔男人们,可惜没等她数完他们脸上的雀斑,他们都已走远,留下大大小小的背影。

钟太的脖子扭动一下,发出微弱的响声。她有点怨气。以前小杭来见她,都很准时。这次说的是 12 点整,她在饭店门口等,却迟迟不来。她最恨没信用的人。

她身边有一辆轮椅车被推过,车里坐着一位老者,脖子挺,眉须白,额头青筋暴起,右嘴略微下斜,口水不时地淌出嘴角,头上戴一顶绒绿帽子。

"老姜,姜先生!"钟太面色微红,身子前倾,喊出声来。推车的中年男人看了她一眼,扭头过去了。车上的老者一动

等

不动。

"金凤,你去问问,那个车里的先生是不是姓姜,生姜的姜。"

金凤疾步上去,拉了一把中年男人的袖口,看见上面的几点油垢。

"你干什么嘛?"中年男人看了她一眼。

"不好意思,这个老伯是不是姓姜?"

"不是。"他答道。

她回到钟太的身边,轻声回复:"阿姨,他说不是的。"

"一定是的。他被别人看住了,就像我一样。"她对自己说,"是他。那顶绒线帽子我认得。是他。大概老年痴呆了,或者被儿子控制了。现在的孩子都坏啊。"

她认识姜先生是在法拉盛的华人图书馆。夏季的一天,图书馆里的空调开得十足。他们两个都在翻阅白先勇的小说,不觉相视一笑。

行伍出身的姜先生是个书迷。两人相逢那年他八十出头,眼神很足,走起路来,甩着手臂,好似行军一般。一头黑发很有劲道。

钟太看见他的一瞬间,有撞见天使的感觉。她把身子一扭,像个女孩那样问他要不要去缅街上的"大班 cafe"去喝咖啡。

徙

"去喜来登吧。大班里的华人多,说话不方便。"

在喜来登地下室里的餐厅,她品尝到正宗的黑咖啡。

她赞了几句白先勇的文笔,又说去年听过他在喜来登大酒店的演讲,风度上像是最后的贵族。姜先生望着她,笑里带着一种谦卑,说:"我也去了。可惜那天没看见你。"

钟太笑道:"我喜欢死了他写的《玉卿嫂》,特别是杀庆生那段。"姜先生听了摇头:"我觉得她下手太狠。"

带文艺腔的开场白一过,钟太便把一肚的苦水抖出来。以前自己出钱供女儿上大学;现在女儿不肯管她,自己拿救济金度日。女婿更是个阴险货色。表面温文尔雅,背地指使女儿回国去抢她父亲留下的遗产。女儿居然到上海和父亲的后妻谈判,分到四百万元,他们留在上海做房子生意了。自己缺现款买公寓,只好住政府补贴的老人屋。女儿小茜佯装不知。生孩子大多是赔的。

"都一样,我的财产早都划到儿子名下。我其实也是拿救济的,原来觉得不好意思。可几个老哥们说,美国人是孙子,我们不拿白不拿。"

他们开始来往。分手时也像洋人那样亲嘴,但不出响声。当他的手触摸她的胸部,她像吃了一惊似的,扭过身去,道:"姜先生,你是有妻子的! 我们做朋友,朋友会长久。"

叶子变黄的那季,姜先生请她喝早茶,给了她一万块钱,

等

嘱她放进银行的保险箱。"钟妹子,我跟儿子撒谎了。你先拿着用,以后你不需要了,再还。"

"真不好意思。这么麻烦你!"她撸了一把头发,显出自责的样子。姜先生是个仗义之人,她觉得。

不久,钟太在华人区买了一间小卧室,里面的客厅和洗手间让她非常满意。后来,姜先生来了电话,说自己的儿子要跟他一起住,请她不要打电话到他的府上。

钟太拿出小镜子,看着镜子里的女人,顿然看通了自己。人老了,就渐渐朝鬼道上靠拢。面颊上的棕色斑点早就显出了年纪。她母亲早年也是个顶尖美人,老熟的时候,体形缩小了一半,眼睛睁得像桂圆,里面见得眼白。她咽气前,跟女儿说了一句:"不要把我火葬。听人说,烧起来的时候,身体会痛。"

她把那句话当一张小条子折叠起来,镶嵌到脑髓里。母亲去世后,她请朋友把母亲的尸体运到杭州边上的小镇,跟一个远亲谈妥,要葬在他家附近的山里。母亲入棺时,她哀哀地哭,哭声传遍百里。有人报告了村干部。母亲最终还是被火葬。不知母亲在火上身的时候有多痛?但她没听见灵魂发出的冤叫。

"你们要不要先进来坐啊?"饭店的男招待出来了,"轮椅车可以从侧门走。外面有点冷啊。"

她从上衣口袋里摸出粉红色的太阳眼镜戴上,抿嘴一笑。

"阿姨,我们先进去喝口热茶也好。"金凤说。

她撇一下嘴,对男招待挥手笑笑:"阿宝,你对我最好了。"进去后,男招待给她们找了一个小圆桌子,把她的轮椅推到合适的位置。

"阿婆请问要什么茶?"

"还是菊花。我有内热,虚火旺。"

太阳透过窗户投到她的脖子上,遮住了一叠皱纹。年轻的时候,女朋友叫她白雪公主,她的脖子亦是雪白的。

她的眼前出现了赵先生的影子:白衬衣外套着一件蓝马甲,不村不俗。他们在百乐门舞厅跳舞到深夜。她的父亲做生意破产,家里其他人都回了乡。她死也不肯离开上海,忍饥挨饿,瘦得像只麻雀,晚上在初中同学"黑皮程小姐"的家里打地铺。程小姐是姨太太生的,脸长得有点像老电影明星白光。因为肤色黑,她总涂很厚的脂粉。涂完之后,也不很难看。半夜,程小姐和家人在她睡着以后,出去吃夜宵。钟小姐一直在地板上清醒着,咬住牙齿不翻身。她在等待逃离。

有朋友介绍她到百乐门去跳舞,她一跳就红起来,几个月间就跳到上海滩有名的进出口商人赵先生身边。她那一张秀气的小凸脸,嘴唇薄而红,配上略窄的额头,眼神里带着学生的幼稚,让赵先生过目不忘。

等

她很快从"黑皮程小姐"家中搬了出去,在静安寺附近租了公寓。她悟出来:这辈子,藏几十根金条银条,比嫁人牢靠。那年她年方十八。

"阿钟,我现在没什么钱了,都让儿子收了。不过,你女儿的事情我会管,一直管到她大学毕业。"

在香港尖沙咀的沪江饭店,赵君把头偎在她的肩上。"你多吃点,这是鱼翅。你太憔悴了。以前你多白啊。我等会儿带你去买衣服。当初你该跟我走。可是你没有。你太任性,像你的父亲。老蒋的部队都输光了,他还说什么将来!还有将来?结果进了牢狱,再没出来。"

片刻的沉默,泪水从她的眼角流出来。赵君怀念当年她眉梢眼角里的秀气,眼睛也湿了。

"赵先生,今天要跟你讲清楚,我不是任性,当时我想跟你走的。是我的老公,强行把我锁在他的办公室里。"

她的老公,一个圆面孔的哈佛毕业的硕士生,等赵先生走了,才把她放出来,说:"你就知足吧。你跟了他,只是个小老婆。我才把你当人。"

婚后,他常奚落她的家人,讥讽她那吸鸦片的母亲。她请他看京剧,他带着一把蒲扇去,悠悠地晃着,引来后排观众的私语。台上锣鼓喧天,他则昏昏睡去。

婚后她生了一个男孩,取名晓航。哈佛生看见晓航的圆脸甚为开心,便一口答应她母亲搬进来同住。十年后,她的母亲让十岁的外孙去酒店打老酒,那个跑起来不顾性命的孩子,在穿马路时撞上一辆车,颅腔出血,昏迷数日后离世。老公不让她看孩子的遗容。他先让用人把穿上新衣服的晓航匆匆送到了火葬场。葬礼后,他把儿子的骨灰送到杭州的亲戚家。钟太在家里哭晕过去,身子跌坐在地上。

她那有罪的母亲自然被赶出家门。他和她开始分床睡。两张床中间隔了一个大书柜。他不太碰她了,给她的家用少了,对她的家人连给个笑脸都不屑了。她知道他不会原谅她的。她在等,等他提出离婚。房子归谁? 房子本来是写在她的名下,这是结婚时她提的唯一条件。

她低声提出要拿家产一半,把房子的产权让给他。哈佛生想了很久,说还是不离。她也无奈地忍受。几周后"文革"开始了,他们的女儿在社会大动荡即将结束的年代出世。

他从一个资本家变成工人,每天必须去工厂干重活。一个远亲从无锡到上海给他们带孩子。那个女人叫小泉。小泉进门不久就对着钟太吼,说当年为了娶她,少爷不惜跟他的父亲决裂。小泉说少爷的父亲鄙视她当过交际花的经历。

她这才明白,原来小泉的大少爷一直是委屈着的。结婚时,自己太不知深浅。

那动荡的几年,他们住在一个汽车间里,冬天冷得浑身发抖。小泉在汽车间里搭了帐篷,把自己的隐私围了起来,给每个人都搭了个床。她每天打扫和做饭。而钟太只知道烧开水,打毛线;心里想着香港的赵君,眼睛望着丈夫的背影哭,忍住泪痕。丈夫才四十多岁,背就弯成了弓状,让人想到煮过的虾。

1976 年,上海的街头放起了鞭炮,世道又变了。钟太开始和香港的赵君通信。

丈夫搬进了原来的法式小洋楼。她从一只樟木箱的箱底翻出一件橘色真丝旗袍。穿着这身华丽的旗袍,手上戴着翡翠戒指,她在上海的红房子餐厅摆了几桌酒,然后带女儿出国;没有带走他的一分财产。身体日渐衰败的主人终于和小泉登记结婚。在他得肺癌过世后,曾经的丫鬟终成洋楼的主人。

上个世纪 80 年代末的夏天,赵君请司机带她到山顶兜风。赵君的眉眼老了,但骨架子还硬。他请她在山顶上的一个得州餐厅吃了美国的油炸马铃薯皮,而后看香港的风景。她肚子很痛,却不愿意明说。这辈子错过赵君,是她人生路上的滑铁卢。

回到旅馆,她腹泻,黄水在马桶里轰隆了大半夜。

赵君到旅馆陪她住了两天。对她说:"阿钟,在我见过的女子里,你不是最好看的。但你的个性,像上海人爱吃的糖醋排骨,开始有点酸,后来越来越有嚼劲。"

她的脸色微红,他说想感觉一下她的乳房。她把右手放在肩上,无语地看着他。他说她的乳房像两块松糕,体积在,密度变了。她的手从肩上滑下来,叹气,整理了自己的头发。"你回去吧。我也不一定要靠你的。我从来没求过人。告诉你,我还没有停经呢。"她道。

赵君的眼睛里闪着柔和的光:"阿钟,我在讲戏话。其实是我抱不动你了。你在大陆待久了,眼神没有以前温柔了。我跟你说,你女儿去美国的事情,我一定能办到。"

如今,他的尸骨已埋在香港的太平山。她只能在梦里给他烧香。

"小杭怎么还没来? 不要是给抓起来了?"她对金凤说。

"不会,他在电话上还说一定来。纽约的周末地铁常常换道,他大概在等车吧!"

"我有重要东西给他。他真是不懂,电话上不能讲真实的情况,到处有人在窃听。"

"不会的,我们只是小老百姓。"金凤笑了。

"现在美国开始搞运动,他会不会在华尔街被警察抓起来了?"

"不会的,阿姨。"

"唉,这里也靠不住。我还是回国去。"她的右嘴角歪了

等

一下。

"阿姨,这里有医保多好,连镶牙都免费。我恨不得早点老,像你一样享福。"

"享个短命福。我们公寓楼的经理说,联邦政府在调查我们,要我填表,大概想赶走我。"

"阿姨,我问了社工,拿救济金的人都要填表格的。你多心了。"

"你不懂。奥巴马他们每天在开会,对我们这种人要清算。我不能再等下去,我不要死在美国。当年做了赵先生的小老婆就好了,我真傻。"她泪不自禁。

地下传来地铁的呼啸声,裹挟着凛冽的风声。

"一定出事了。"她企图站起来,又坐了回去,"外面被警察包围了。金凤,你快点替我求求耶稣。"

"好的,我马上求。本来我今天要上教堂的。"金凤在胸口画个十字,嘴里哼着圣歌。钟太闭上眼睛,不一会发出鼾声,里面含着一种混杂的力量。

一个年近四十的男人进来了,探头探脑的,见了钟太,忙朝她招手:"姆妈。"

钟太的眼皮颤了一下,闭紧眼,又撑开:"你今天怎么这么晚才来呀?"

"姆妈,周末地铁在修。我当中转了两次。"他的鼻水流出来,粉线一般的。

"你坐下来,先喝口茶。"她从包里拿出一沓餐巾纸给他。金凤识相地出了餐厅。

小杭把凳子移到她的轮椅旁,轻捏着她的手背问:"侬好哦?本来我要到机场接人的。侬急,我只好赶过来了。"

"姆妈要你讲实话,美国人是不是在调查我?"

"谁在调查你?"

"联邦局,克格勃!"她把头一昂,"你还当我不知道啊?"

"没有的事情。克格勃不在美国。你是个老好人。"

"你没有骗我?我会不会进提篮桥?"

"没有骗你。你的想法没道理,提篮桥在上海,你在美国。"

"哦,确实是在上海。你送我回上海,好吗?提篮桥不是一个好地段。"她道。

"姆妈,你不是说家里没人了,老公过世了?"

"老公早不在了,但我还有个女儿在上海,叫小茜。她前几年回上海了。"她说。

"你有女儿啊?那你要什么时候走?我去帮你办手续!"

"越快越好,美国人知道我是装穷。"她说,"他们以为我是木头,我一直都知道。"

"好,我帮你买票去。"他轻轻撸了一下她的肩,"你要坐哪

等

家航空公司的飞机?"

"随便。但千万不要韩国的,韩航刚刚在旧金山掉了一架,把人家的跑道都搞坏了。一定要乘坐大飞机。"她撩起腿上的毯子,用手指在腿上摸,摸到一只黑色的皮包,交给了他。"里面有两万美元,仍然存在你名下的保险柜里。还有五千多现金,数一数,去买两张飞机票。"

"晓得了,姆妈。还有事情吗?"

"请你给我去搞张签证,我的护照还是有效的。"

"马上去办。"

"等一下,先陪姆妈吃个饭。这里的龙虾糯米饭味道顶好,我要你陪我吃。"她舔了一下嘴唇。"你先吃。今天是周六,银行马上要关门。"他找那个前额有点秃的广东服务生帮她点了两个菜,把粉红色的毯子方方正正地盖到她的腿上,把她的右手放到他的手上,和她十指相扣。她默默地看他一阵,说:"你去吧!"

饭店门口,他看见冻得发抖、时而跺脚的金凤。"小姐,你是新来的?"

"刚做了几天。钟阿姨是你的亲戚?"

"我的过房娘。说来话长,她是我以前的过房娘的朋友。在以前的那个过房娘过世前,她把钟太太介绍给了我。姆妈的老毛病又犯了。"

"老太太是什么病?"她问。

"不清楚。一阵明白,一阵糊涂。有时甚至说护理在她饭里下毒,已经换了好几个了。有时觉得她灵魂的一半在阴间。"

"这么怕人? 你就这么走了?"金凤斜着眼睛看他。

"我会再来。"他搓搓手说,"老太太是菩萨心肠,你可怜她,多做一阵。"

她的心跳加快:"我怕。我还不想闻到阴间的味道。"

"我吓唬你的。她以前的照片很美,腰身细,小腿长而饱满。京戏唱得好,我是见了她才迷上京戏的。我以前的过房娘说她是上海滩的角儿,后来在中国城也红了几年。"他说。

"是个角儿呀?"金凤瞪大了眼睛,口水流了下来。

从餐馆里出来,金凤缓缓地推着钟太往联合大道的方向走。

钟太突然回头道:"金凤,你是个黑里俏,像我年轻时候的一个女友。她的个子比你高一点。"

"谢谢阿姨。"金凤经不得人夸。一高兴,推车的力气也足了。她说:"我们直接回家好吗? 现在已经快4点了,我要在4点前向公司报告的。"

金凤把老太太推进她的公寓,按照她的意思把窗子开了一条缝,然后跟经营护理公司的主任打电话,报告了今天的服

等

务项目,便告辞了。晚上,钟太觉得头痛,吃了几粒降压药,吃完便躺到床上。头还是很痛,在床上挪动着。"姜先生,我要赶快告诉姜先生,只有他会救我。"她拿起电话,拨着号码。电话没有接通。她想:老姜失踪了?也许已经过世了,也许儿子发现他把一万美元给了她,把他架空了。赵先生也一样,几年前就向儿子交出所有的家当。生孩子都是赔的。她坐起来,撑着拐杖走到厨房,给自己倒了一杯橘子水。几口下去,头痛缓解了。她又回到床上,思绪还是停不下来。想起"黑皮程小姐",她是真的生气。解放初期,她还没嫁人,手头有金条,在银行里有现钱,衣食无忧。程小姐的老公是个国民党中层军官,肃反时被关进提篮桥。程小姐曾跟一个刚进城的公安干部同居过一阵,后来被组织上发现。那个公安干部被抓后判了刑。程小姐不得不找钟小妹来借钱,说她的儿子发高烧,连日不退,要她救人一命。她心一软,就借了些钱给她,跟她说好是要收利息的。半年后,公安局找上门来,请她去局里谈谈。程小姐坐在她对面,声泪俱下:儿子没救过来。剩下的钱程小姐拿去赌博,全都输了。公安局认为钟小姐意在"放高利贷"。后来程小姐因身无分文无罪,钟小姐则被拘留了三个月。她的"惊恐症"就是从被关在黑房间里开始的。程小姐在1969年得了鼻咽癌过世。现在想来,只是生她的气,倒也不恨。程小姐那时也是走投无路。她再次起床,到洗手间,打开灯,在镜子里看自己。正面不敢看,看自己的右边。灯光照到眼角和太阳穴之间的区域。那里的凹凸比以前更显著了,几根青筋露出老树枝般的狰狞。她颓然地坐在马桶盖上。也许是叫女儿回来的时候了,她突然非常想念小茜。

小茜长得不像她的父母。她在美国住了十多年,读的是文学。后来在纽约郊区的一个普通大学当助教,一直没有往上升。她在纽约现代艺术馆碰到了念经济博士的朱鸣,两人很快同居。小茜随着朱鸣的意思回国跟小泉争遗产。钟太觉得难堪,是自己离开了老公。小泉在动乱年月照顾了他们三个人,房子给小泉理所应当。但经济学博士觉得小茜应该有部分继承权。他们回到上海,先给小茜的爸爸在杭州买了墓地,把骨灰盒移了过去。然后就请小茜的三叔叔跟小泉谈判。小泉是个爽快人。她拿小茜当半个女儿,同意把洋楼卖了,各分一半的钱。小泉带着几百万元回到杭州,在武林路附近买了三室两厅房。小茜他们用了这份钱投资私人的律师事务所,她替老公做助理,偶尔写些电视连续剧剧本解闷。想到这些,钟太的眉心打了个结。她如果跟小杭一起回国,住在何处?先问问女儿的意思,还是直接就去养老院?思来想去,决定先让小泉跟女儿去说,顺便给自己在上海找一个条件合适的养老院。她打通了小泉的手机,是个男人接的,说是去西湖边上唱歌、跳舞了。

等

钟太叹自己的命还不如一个乡下出来的丫头。一道白光穿过窗帘射到她的脸上,萎缩了的脑细胞似乎被激活,不停地作弄她。钟太喝口水,服了半粒舒乐安定,躺下后,心情依然不能平静。她和前夫间的种种不悦又浮现脑际,她的脸上露出一丝悲苦。他们的晓航很淘气,不爱去学校,喜欢斗鸡,玩弹弓,跟同学打架。老师常到家里告状。钟太爱儿子,觉得男生皮一点没事。前老公知道了儿子的劣迹,便逼他跪在洗衣的搓板上,罚他跪过了夜。她起来几次,望着儿子,感觉他是个天使。她觉得老公其实是在罚自己!晓航是多么忠厚!家里吃西瓜,他总要用调羹把西瓜中心的瓜瓤挖出来,给她吃。读书好坏有什么关系?晓航要活到现在,定会好好地待在自己的身边。都是母亲作孽啊!自己也有责任,常常在外面票戏,逛街。小杭长得跟晓航有点像,也是个圆面孔,也许他就是儿子投胎的。如果她真的回大陆,就把所有的金子都卖了,如果有小杭照顾,也算有个善终。说透了,现在就是在等死。

一早,金凤脚底冰凉地从地铁站走到钟太家,按了门铃,听不到回音。再重敲几下门,也无人应声。她心头一惊,便给经理打了电话。女经理是个华裔和非洲裔的混血儿,她先给金凤一个笑脸,然后重拳敲门。她听见门里有微弱的咳嗽声:"救救我!"金凤明白老太出事了。

人高马大的女经理找人来撬开房门,看见钟太躺在地上,左手握着一根拐棍,右手颤抖着。

"我要打911,叫救护车。"经理说。

"不要打,我没事。我从床上摔下来的。"钟太的口齿变得清晰。

金凤把老太太一把抱起来,让她靠在床上的被褥上。"你身体里有疼痛吗? 头部? 手脚?"经理问。她摇头:"没事的。我半夜里从床上摔下来,无大碍。"

经理想了一下,说自己要和金凤所属的护理公司联系。"这是我的职责,老人独处是危险的。"她丢下一句话,走了。钟太的心发抖了。金凤问钟太要不要吃早餐,说自己带了馒头。钟太摇头,从枕头底下拿出一个电话本让金凤打。"找我女儿。这次我大概是大限到了。""阿姨,不会的。我帮你拨电话。"

电话打过去没人接听,老太的脸上细纹骤起。

"那你去叫小杭,我大概去不了中国了,我要死在这里了。"

"阿姨,明天我带你去医院。"金凤把她的身体抚平,问她是否头痛。钟太点点头,又摇头。"没事,明天就好了。"

电话铃响了,是护理公司的管理打来的。她命令金凤把老太送到社区医院。老太拿过电话,说自己要有一小时的时间准备。挂了电话,钟太的脸上显出指挥官般的威风。金凤

等

在她的指点下，从柜子里、皮鞋里、大衣口袋里，找出大把美元。钟太点了一遍，让金凤帮她记住，有两万八千块。临出门，她把床边的翡翠戒指戴上，给了经理十块小费。"经常麻烦你，不好意思。"她笑着说。

医院的急诊室很拥挤，金凤被身边的不穿裤子、下体冒着臭气的男病人吓昏。她心里念着耶稣，在钟太身边陪了约三个小时，小杭才赶来，连说抱歉，都怪地铁在维修。钟太已昏昏欲睡。金凤把钱交给了小杭，说自己回去了。小杭说这房间里的空气太差，如果不是脑震荡，就把钟太送回家去。金凤说还是留过夜好，自己要回家了，明天再来。临走时，小杭摸了一把她的臀部，说："很有女人味，你。"

清晨，天气骤然变暖。小杭靠着墙用手揉揉眼睛，才知道自己站着睡了一夜。过房娘不在眼前，难道是值班医生给老太太找了病房？鬼才相信！急诊室的病人黄土般地挤作一堆。他问了几个护士，方知钟太确实被收入病房了，这才松了口气。他想回去休息，寻找着医院的出口，却是四处碰壁。太早了，正门还没开，他只好翻墙出去了。匆匆走进7号线的地铁站，在一家兰花店的门外看见神情黯然的金凤。

"你还在？"他把手搭在她的肩上，他们依偎在一起。不远处，一个年轻的华裔女子悄悄拍下他们的侧影。金凤感觉着他带来的善良空气，向他飞了一个媚眼。他突然说自己要走，她推开了他。"金凤,我是有老婆的,你要明白。"他说。

"上海男人都喜欢吃豆腐,关键时刻不来真的。"她皱眉笑道。

"反正我说清楚了,我们是朋友。你有困难,我帮你。我自己也不知道明天在哪里。看到过房娘的样子,我真不知道明天在哪里。我还有儿子要养!"

"那你干脆跟老太要一点钱,让你回国去?"

"怎么问? 老太太应该是长寿的,脸相好!"

"她很信任你。我猜想她大概有个几十万吧? 我们带她回国,我们一起做个小生意? 赚了再给你的儿子。"金凤向他靠近。

"你不要找我。趁你还不到三十五岁,找个人嫁了。"他的身体向后退着。

"这世界上没有什么好人,你算一个心没长歪的!"她的脸上隐约地红了一把,口气沉重地说:"我是要回去的。在这里,我会像一棵没根的树那样老去。"

"我要留在纽约陪老太太,替她料理后事。"他突然觉得自己有几分正义感。

"那好。"

他们上了不同的车厢。半小时后,金凤在旁边的车厢逮到了他。"我们下车开个旅店,我要你。"她说。

他们依偎着，在森林小丘附近下了车。

"我们不要开旅店了。我家附近有个公园。现在应该没人了。我们就随便弄弄。"他说，"我在中央公园见过美国人也如此。"小杭动作僵硬地躺到一个长椅上，他为自己开不起房间而愧疚。金凤的头枕着他的肚腩，脸上呈舒适感。他抽动着，作死作活的样子。她欣赏着他脸上的每一阵颤动。远处传来火车的声音，他们被一种恐惧感袭击，弹簧一样地竖起身体。火车过去后，她的脸压到他的腿上，不久就在他的隐私处挤出一堆高潮。

"你不是处女吧?"

他没费多少周折就寻到她的快乐谷，反应快得像个电动兔。"是不是有关系吗?"她半跪在风里，感到自己有一种凛凛的美。他的手机突然响了。"我要走了，我还欠你一点乐!"两天后，金凤给他打电话:"你来一下，老太看着不对了。护士说她得了急性肺炎，进了危急病房，我很怕。"小杭接了金凤的电话后，未能赶去医院。老婆突然来电话了:"侬作死啊? 一天到晚看着你的过房娘? 侬马上回来! 儿子整日泡在网吧里，六门功课有四门不及格!"小杭听了太太的训，脸色苍黑地回家。他在手机上给金凤发了短信，请她看护他的过房娘，不让她受人欺负。

金凤在钟太的病房里站了近一天，血液淤积在腿里。她不时地拎起脚,甩着腿,后悔自己穿着高跟靴子。半夜里,值班女护士看出她脸色疲惫,搬给她一张带靠背的椅子坐,腰部有个绿色的垫子。金凤看着钟太,她的头被枕头垫高了,脸型变得很瘦,也就几日的工夫,老太太好像就一寸寸地失去,她的脉搏很弱。有的时候,她似乎已经呼吸不动了,唯一颤动的部位是苍白的嘴唇。她的眉宇间竖着几条纹路,皱纹里似透着某种期待。

护理中心不再付金凤的工资,通知她去另外一个独居老太家工作。金凤推说身体有病,留在钟太的身边。小杭说老太太拿他当儿子,金凤突然觉得是主让她替代了小杭。信耶稣原本对金凤不太重要。金凤起念上教堂,是想托人找工作。时间久了,圣歌时常在她的脑子里盘旋。这一日,她不停地求上帝让钟太撑着,至少等到小杭赶来,或许她看见小杭后,又会活下去。

白天,护士长进来看钟太。金凤用蹩脚的英语问护士长,老太大概还能拖多久。护士长叫丽莎,是菲律宾人,能讲华语。有意无意地,她常从病房门口走过,一听见钟太的喉咙有声音,便麻雀般利索地跑进来,轻巧地把吸管插入钟太的喉咙:"合作,请咳出来,亲爱的天使。你真的做得很好!"金凤看到钟太脸上的疼。

护士长没有马上回答金凤的问题,只是请她尽快联络老

等

太太的家人。她说，任何时候，老妇人都会走，两小时，两天，两周？她不晓得。金凤叹气，决定歇息一晚，洗个澡。

隆冬的天气，金凤穿了一件长羽绒大衣，出了医院。脸上没有寒缩的神情。走了一小段路，方知道落雨了。雨点很小，打到脸上就化散没了。别处没事，只是领子被弄湿了。她突然想到要住在钟太家，她手里有钟太的房门钥匙。她自己的家在布朗市，赶过去睡觉，要转三次地铁。

钟太的家里暖气很足。钟太极爱干净，平时很少让邻居或友人进屋。她的房间里有个灰绿色的木质写字台，说是从中国城的古董店淘来的。放电话的圆桌子很沉，像是大理石的。墙上还挂着几个洋式的画卷，老太太跟她说，那是自己的一个女友送的。老太太的心底还装着洋派的东西。

金凤斜躺在床上，似乎闻到钟太的体味。老太的床单上常盖着小褥单，她常常就着褥单看报、读书。金凤躺在小褥单上，不知怎么就有点欣欣然。这就是一个家了。这家她住着该多好！这家什么都不缺，就少个能动、会做饭菜的女人。不知怎么的，她感到小杭来了，小杭还一脸坏笑。等老太太回来了该多好，她晚上就陪着她住，也不一定跟她要工钱。这样老太就能永远活下去，她就一直能见小杭。她倒在枕头上，睡过去，脸上挂着一丝笑容。

夜里，她突然听见隔壁邻居家电话的响声。那声音有点凄厉,房间也显得空荡荡。她怕得坐了起来。她怎么会在这里?这分明是别人的家?不过,反正她不偷不抢。她的心被一个"偷"字点中,突然打量起钟太的壁橱。壁橱很大,里面的灯是一直亮着的。老太太在里面能放些什么?想来也就是一些小玩意罢了。或许,那些衣物里有老太年轻时候的样子?壁橱大得可以容下一个小床。钟太的衣物整整齐齐地放在不同的箱子里、皮包里、蛇皮袋里。她耸了耸眉毛,一样一样地浏览她的物件。金凤从一个 Gucci 牌皮包里翻出一沓照片。一个穿长衫的老头抱着一个眉目清秀的小姑娘,八九岁的样子。小姑娘的表情是严肃的,下巴略尖,鼻梁里透着一种清高。这是钟太和她爹爹的合影?老太骨子里的冷傲是打小就潜伏在骨头里面的?金凤突然自卑起来。她的父亲没有那样抱过她。他在外面跑生意,很少回家。后来据说是触犯了法律,被关起来了。她便托表亲戚替她在纽约找人,用假结婚的方式进入美国,几年后就拿了绿卡。她给帮办机构的钱都是亲戚借给她的,至今还没还清呢。她的表姐不时地给她打电话,好像她时刻要逃离纽约似的。那张小姑娘的照片后面,是张戏照。钟太的面庞比幼时丰腴了些。金凤摸着她在照片上的脸,不忍释手。戏照底下的是婚照,她脖子上挂一串绿色坠子,把她衬得如玉人一般。当打开第三个箱子的时候,金凤看见一个翡翠戒指。她拿在手里,觉得沉甸甸的。她试图把

等

戒指套到自己的无名指上,手指被风吹得肿了,套不上。她只能把戒指捏在手心里。窗外,天色渐渐亮了;月亮却没有消去,挂在天空,像个白凛凛的小太阳。她又躺回床上去了,在自己的脖子上闻到一股素油香。钟太的眼睛定定地看她,嘴里吐着一个"欠"字。钟太是在怨恨她欠了她吗?不过是想戴着那个翡翠戒指,在这个舒适的屋子里躺一下。如果是小杭躺在身边,那自己就会骑在他身上,他是一匹易被驯服的马。她的耳边响起小火车驶过的声音。

火车过后,她听见钟太的声音,轻柔如水:"小杭,你帮我按摩一下哦?"她想给小杭打电话,可天空还是暗的。她感到一阵头晕。右眼好似被水晶球撞了,一阵冷痛。这种痛又给她一种快感……

心脏科的医师在给钟太做人工呼吸。她的眼睛是睁着的,却没有看见小杭。金凤六神无主,说一个华人医师查出老太有心动过缓。小杭打电话给小茜。对方问他是谁,口气里充满警觉。他提到过房娘的名字,对方才叫他一声"小杭阿哥"。早晨过后,钟太清醒过来,看见小杭,大声地叫:"我爱你!"连叫了六次,喉咙被痰液堵住。护理进来帮她吸痰。她依然看着小杭,眼角淌泪:"小杭。"

小杭跪在她的床前,握着她受伤的右手,食指和中指不能曲,无名指和小指头谦卑地低着头,拇指则冷眼旁观。左手插着五六根管子,血迹清晰。全身写着痛。他吻着她的右手,舐她的拇指,直到她笑。她示意护理拿开面罩,朝着小杭说:"要厚,厚——"

小杭点头道:"厚葬。我晓得的。"

他闻到了一股臭味,便去护理台找来护工帮忙换尿布。

护工是一位非洲移民。她说:"你是她的儿子?"

"是!"他点头。

"我翻她身体的时候,你抱住她。"护工像公主一般地命令他。他将钟太的身体转向她的一边,看见她的腿下有黄绿色的大便。钟太也向自己的下体看了一眼。"有血!"她吐出清晰的字音。小杭看了,没有看见血。他用结结巴巴的英文跟非洲公主说了。

"我看不见血色。我可以拿去化验。"

护工神情冷漠地出去了,提着一个塑料杯子进来,从大便里取样,然后把床单裹起来。"你抱住她,不要让她滚下床!"他虔诚地保护着她,看她垂到肚子的两个乳房。他不敢再往下看了。

下午,心脏科的华裔医生找小杭谈,告诉他,钟太是个应该戴心脏起搏器的候选人。病人神志不清,要他替钟太太做决定。小杭吓得发呆双眼,双眼无神地看着医生。医生说,病人有百分之一的可能会死亡。

等

小杭六神无主。医生说要病人的女儿做决定。他拨了钟太女儿的电话。小茜听了陈述,表示马上来纽约。

黄昏时分,钟太要小杭吻她的脸,她的头靠在他的肩上,左眼看着小杭,右眼看着窗外的月亮。

钟太的眼前出现了上海百乐门舞厅里的灯光。和赵君共舞的时候,她从灯光里看到雨丝,斩不断的,那是她眼底的泪水。是留在上海等,还是跟他去香港做姨太太?她无法回答。自己是个穷女子,偏偏不肯丢了体面。不放体面,就放了福气,活在另外一种尴尬里。她的头微微出汗,嘴角向上牵动,发不出声音,身体突然落了下去。小杭托起她的头,擦着她额头上的汗,按响了床边的铃。

小茜的肩上背着一个灰色的布包,穿一身黑色来到法拉盛的殡仪馆。母亲微笑着,坦然地躺在棺材里,身上穿着紫红的棉袄,棉袄上是一条锦被。棺材后面摆着几个巨大的花篮。她在母亲面前看了很久,深深地鞠了一躬。

追悼会开始,小茜简单介绍母亲生平,提到母亲曾在京剧舞台上的荣光。小茜的身子虚飘,纸人一般,似乎随时会倒在地上。而后钟太的几个女友上去发言。小杭在台下坐着,木头一般。

金凤上去说了几句怀念钟太的话。"阿姨过得好省,连大的电视机都舍不得买。她没有信上帝,却常常托我送钱给教

.

会。阿姨还教我英文。她人真好。"说完了话，唱了几段圣歌。台下，几个女宾客幽幽地哭泣着。

落葬的仪式在纽约郊外的一个公墓举行。来宾稀少，当墓穴里放土填满的时候，小茜抽泣起来。小杭走到她的身边，把手搭在她的肩上。

分手的时候，小杭说："小姐，你在纽约住几天吧，我有点东西要交给你。"

小茜说："不用给我什么东西，我欠了你很多。我知道丧葬费很贵。"

"还有一点余钱要给你。"他说。

"你留着。妈妈一直说你长得很像我哥哥晓航，所以一直就那么叫你的。妈妈觉得欠他最多，哥哥是穿马路时被汽车轧死的。她说，哥哥如果不死，一定会在她的身边守到最后一刻。你就是他的再生。"她那嘴角上牵的动作跟钟太很像。"原来有这样的缘分？"小杭叹了口气，肩胛骨上的神经感到一阵刺痛。"我是不孝的。你替我还了债，下辈子，也许我的孩子替我还你。"小茜说。

回纽约市区的路上，金凤向小杭问起买棺材的价钱。小杭说是八千。"我很后悔。应该买镶金边的。姆妈应该用最好的。"

"钱不重要。你守到了最后！"金凤道，"老太太这辈子等

等

到你,有了最后的体面。"

他抱着金凤,问:"你真的这么想?"

"真的,我等你。你把钱分一点给你的老婆和孩子,我们一起回大陆。我也想要个娃儿,跟你。"

无 名 的 凯 瑟 琳

　　凯瑟琳出生在纽约的长岛，父母是来自俄国的第一代移民。在凯瑟琳年幼时，她的爷爷和他们住在同一幢房子里。凯瑟琳从幼儿园回来，最要紧的事情是到三楼的卧室去看爷爷。爷爷的眼睛里看出来的虫子是花的，耳朵常听不见凯瑟琳在说些什么。他笑的时候，脸上的皱纹像交错着的老树藤。他咳嗽时，常常带出一卷风。爷爷还能画画，爷爷曾经画过她，一个穿红色大衣的小娃娃，手里拉着黑色的手风琴，头发的颜色偏黑。她身体的左面有一只黑色的猫，右面坐着一只布娃娃。

　　凯瑟琳九岁的时候，爷爷静静地走了。凯瑟琳当时尚不明白死亡的含义。母亲对她说，爷爷到天上去了，不会再回来。天上可是个不错的地方，不会像美东那样常常下雪。凯瑟琳的父亲是家里的长子。按照犹太人的规矩,父亲必须吻过世的爷爷的脚底。凯瑟琳的父亲有点害怕,但还是把嘴巴弄成锥形,用嘴唇吻了爷爷冰冷的脚底。他们把爷爷埋在长岛的一个叫常青屯的墓园里。奶奶在他们移民到美国前就过世了,据说是患疟疾而死的。奶奶被葬在圣彼得堡。凯瑟琳很少想起她。

在美国定居后,凯瑟琳的父亲开了一个承包小型建筑项目的公司,母亲是高中的音乐老师,弹得一手好钢琴。母亲的出身门第比父亲的高一些。凯瑟琳从小就显示了语言方面的天赋。当父亲用俄语数落她的不是时,凯瑟琳尽管不明白其言词中的确切含义,但能用准确的俄语发音把他的数落全部还了给他。高中毕业的时候,她是年级里唯一的西班牙语得满分的学生。为此母亲带她到纽约市看了一场百老汇的音乐剧。

凯瑟琳在十五岁多时喜欢上一个比她大一岁的男孩。他叫西恩,比她高半个头,口齿伶俐,脸上的表情很生动,且爱在学校谈论政治,揶揄共和党。他选择了去爱荷华州立大学去读政治系,凯瑟琳和他同行,选读西班牙语的学位。他们租了学校附近的一个两室一厅,开始了更亲密的接触。凯瑟琳是个身材高大的女人,有着很宽的肩胛。她只在西恩面前才露出小女孩的害羞。他一开口,她便垂下双肩,交叉着手指,听着,不时发出轻微的笑声。

　　"爱荷华,这个乏味到荒唐的,无耻到可笑的,共和党云集的地方,我们一定会改变它的颜色。"西恩激动地挥着拳头,她的头发在他的胳膊下飞扬。当他触摸她身体的时候,她发出银铃般的笑声。他问:"我们要不要来点午后的潮湿,带点柠檬味的?"她缩起脖子往后退:"我,我还是先去洗个澡吧。"西恩从背后抱住她,挠她的肚脐眼:"我可不在乎你的体味。"他的笑声惊动了窗外的一群乌鸦。乌鸦们的翅膀互撞着,发出响声一阵。

　　约是大三的时候,西恩遇到了他生命里的第二个女人:塞西莉亚。塞西莉亚是个墨西哥医生的女儿,母亲是纯种白人。塞西莉亚骨骼娇小,皮肤白而细腻,略圆的鼻子上架着一副黑边圆框的眼镜。她是念墨西哥城里的私校长大的,说一口地道的英语。她的理想是从美国拿到政治学的文凭,然后回墨西哥为左派党效力。她到爱荷华不久便成为学生会的副主席,西恩的助手。几个月后,西恩就从凯瑟琳的公寓里搬出去了,他说塞西莉亚是他见过的最不可抗拒的女人,在生理上和情感上都让他有结婚的冲动。

　　这话让凯瑟琳失魂落魄。她吞了数粒安眠药,三天没有起床。一个女同学过来看护了她几天。凯瑟琳念叨着西恩的名字,眼皮像上了胶水,黑眼睛里失去了光泽。退学后,她回到纽约,一度在父亲的公司里打理财务,后来因算账方面出错,被父亲认为能力不够而失业。但她很快在曼哈顿的一个心理医生的诊所里当了一名秘书。她一分钟能打八十多个词。更重要的是,她总能把心理医生的病人病例编排得整整齐齐。但她明白这只是一份糊口的工作。她怀念在高中时和西恩同台演出音乐剧的日子,以及和西恩的暴风雨般激烈的辩论。虽然西恩没有成为一名成功的美国政客,但选择了到墨西哥定居。他和塞西莉亚在一个天主教堂内结了婚,生了两个孩子。塞西莉亚在墨西哥工作,而他成为塞西莉亚工作上的助理。偶尔,他给凯瑟琳寄些卡片,顺手在卡上画一只鸟,或几片花瓣。她把所有的卡片放在床底下的一个绿色的盒子里。

凯瑟琳也渐渐成为一名信仰共产主义的人。她因为加入跟支持美国亲共团体的游行被数次拘留。每次都是那位雇用她的心理医生去拘留所保释她。有一次,一个纽约市的警察把她的双手拷在一根柱子上,单掌袭击她的胸部。她大声地吼叫起来,眼睛里闪着要咬人的光。警察趔趄着逃了出去。半年后,凯瑟琳开始在墨西哥的边境出现。她常常把捐助给墨共的钱放在自己的卫生棉里带进墨西哥的边境地区。

塞西莉亚因患晚期乳腺癌,和西恩结婚不到十年就去逝了。西恩带着两个孩子回到美国,在得州的一个叫艾尔帕索的城市定居,并在当地的一个大学当上了教师。他给凯瑟琳写信:"亲爱的,没有你的世界是杂乱无章的。你会让我变成一个更好的人,你能马上过来吗?"

凯瑟琳提着一个灰色的皮箱去见西恩,他们见面便紧紧拥抱。他早已经把孩子们打发到邻居家。当他们交换几句客套话之后,他便扯断了她的乳罩,把她扛到床上。一个灯罩砸坏了。他们一起滚到地上。她的身体下部水肿了,她哭叫着。他的激情无法退却。"我的头,我的头摔痛了。"他叫道。

她用手抚摸着他的额头:"亲爱的,我等了你十年。我都等老了。"她颤抖着说,"你有个家,还有两个好看的孩子,真好。以后我就是他们的母亲。"西恩吻了她的额头,说:"你天生就是个做母亲的人。你的爱很宽。"

她从小镇的一个旧书店里淘来一本菜谱,渐渐学会了做几个简单的墨西哥菜,墨西哥馅饼是她最拿手的。她做的馅饼里面,如果是猪肉,一定是带点肉片或肥肉部分,那才是墨西哥人真正爱吃的。她教他的女儿凯迪织毛衣,和他的儿子马克玩字母游戏。她把塑料的英文 C

字母粘在冰箱上,拼出 CAT(猫)。"甜心,"她说,"你要不要把 C 换成另外一个字母,拼出新的词呢?"马克歪着脑袋想了想,用 H 挤掉了 C。

"HAT."他大声地说。

"对,帽子。"她把一个草帽扣在他的头上,"这是你爸爸的帽子。"

他们的住宅离学校很近。她有空便去那里的图书馆看书,并练习用西班牙文写作。她常帮西恩打讲义或短信,她总是能从他的文字里挑出一些错误来。她极喜欢看见他挠着头皮思考的样子,那飘下来的头皮屑让她想起纽约的雪花。比起纽约,艾尔帕索太暖了,这里离墨西哥的边境不远。但是,令她失望的是,西恩似乎对革命失去了兴趣。他想集中精力把他在墨西哥的经历写成一本书。他的眼睛里不再有闪亮的火花。凯瑟琳继续和马克玩拼字,给凯迪念法文版的《小王子》。西恩仍然谈论着墨西哥政改的方向,但他没兴趣再去墨西哥了,甚至不再思念埋葬着塞西莉亚的坟墓。

马克已经会骑小自行车了。凯迪上了高中,很少跟凯瑟琳交谈。凯迪在高三时便在当地建了自己的乐队。她善于唱一些墨西哥的民歌,然后又用英语翻唱。凯瑟琳开始想念纽约了,她告诉西恩自己可能要离开他了。

西恩问她是不是"不再爱了"。她说:"我很爱你,可是我真的不喜欢你现在的样子。你上课的时候俨然是革命的教父,但你的腰背已经撑不起当年的理想。你像一颗瘪了的枣子。亲爱的,趁我还爱着你,我们分手吧! 这样我们不至于伤害彼此。"

在从艾尔帕索到纽约的长途汽车上,凯瑟琳认识了开车的司机,他是个四年前从墨西哥来的移民,名叫唤,比她矮半个头,肤色很深,嘴角的笑纹如刻出来的一般。他有四个孩子。他的妻子也是支持墨西哥左翼党的,长得很瘦。他们的家时有朋友出入,谈论着要进行革命的有关话题。她收下他的电话号码,跟他说,"有一天你如果想,请到纽约来找我喝茶。"他说自己没有钱喝茶,他赚的每分钱都给家人了。他说人生的最大乐趣就是和自己的家人在一起。

有一天,他下了班,匆忙地上了 2 号地铁。到了布鲁克林的一个地铁站,他几乎被身后的人推着出了站。绕了不少弯,他在布鲁克林第五大道附近的一个小公寓里找到了她。楼上客厅的墙壁上,挂满了凯瑟琳自己缝的被子。楼下有一个地下室,楼梯是黑色的,台阶很陡。地下室里有个小厕所,厕所的墙上贴着一个粉红的中国字。他问她那个字是什么意思?她说那个字是一个来自中国在读女博士生送给她的,是春天的意思。

"如果生活是理想的,你想做份什么工作呢?"她突然问。

"我很想做教西班牙文的老师。"

"太好了!这真是你应该做的事情。我会替你留意的。"她说。她居住的小区周围有个社区大学,凯瑟琳去那里贴了一个教西班牙语的广告。不久,唤收到了学校的邀请信,请他去面试。他被录取为半职老师,唤很激动。他在她的公寓里住了两年。周一到周五教书,周末回到艾尔帕索和他的家人在一起。其间,凯瑟琳昏迷过一次。唤下班后,才发现她倒在地上,血从她的裤腿里不停地渗出来。他虽然感到心惊,还是壮着胆子把她抱了起来,送到社区医院的急诊室。她的子宫养育着一个鹅卵石般大的肌瘤。医生迅速摘除了她的子宫。她茫然地躺在病房里,看着四周白色的墙,突然为自己不曾生育而哀伤。唤手持三朵不同颜色的康乃馨来探望,她问他为什么是那三种颜色,他说,粉红代表爱情,白色代表纯洁,蓝色代表担心她。他吻了她的脖子,他的胡子好久没修了,几根又短又硬的戳痛了她的皮肤。

他接她出院,把她从出租车里抱到她的床上。她央求着他吻她的乳房,还把乳房们叫成她的两个"女孩。"他

不敢碰,觉得那"两个女孩"大得有点不可思议。他温柔地吻着她的大脚丫子。她咯咯地笑,突然用西班牙文念起一首诗:

> 在我身上你找山,
> 找葬在林中的太阳。
> 在你身上我找船,
> 它迷失在黑夜中央。

他说她的声音好听,可他从来都不懂诗歌到底在表达什么。这世界上已经有音乐了,难道还需要诗歌吗?诗歌似乎比较直白,诗歌不足以表达情感的厚度。

她显出一脸的严肃,说她不相信他说的话。"你是很有悟性的,对语言,对开车,对很多事情。你会渐渐喜欢诗歌的。"他听了,脸上露出一种窘迫。那种神情使她越发对他着迷。

等她那对长而圆的眼睛和脸的轮廓渐渐好看起来的时候,他在她的院子的中间种上了玉兰花,种子是从墨西哥搬来的。春天的时候,一片绿色中开出大轮的白色花朵,香味里散发着一种难以言喻的气质。她苍白的面色被粉红遮盖,像是上了层淡的粉底。

夏天来了,他们一起沿着梯子爬上不算高的灰色屋顶,喝着他做的冰镇的薄荷茶,一边晃着脚丫。她喜欢听他谈他的几个孩子。他说跟他最亲的小女儿叫罗莎,正在上高中。在他妻子所生的孩子里,她的功课是最好的。她说,长大后她要当一名社工,帮助有心理阴影的人,帮助穷人获得福利。"让她来纽约吧。离我家不远的地方有个公立的高中,质量不错。"

秋天早到了。学校因资金短缺而不得不裁员,唤便丢了工作,他又开起他的长途车。但是,这次他开的车换了路线。凯瑟琳脸上的那层粉底消退了。她把自己埋在被单下,哭了几个晚上。唤打电话来说:"听着,你是属猫的,会有九条命。你如果孤单,我让女儿过去陪你。也许她可以在纽约上高中。"她的心里荡漾着温情。

罗莎果然来了,一个身材高大而结实的少女,有着粗圆的双臂和一张方正的脸。顶着一头乌黑的发,后脑勺拖着一个编织整齐的短辫。她穿着一身绛红色的裙,下面是一双黑色的球鞋,鞋带是粉红色的。她的青春气息弥漫了凯瑟琳的客厅。

"你的西班牙语成绩怎么会不好呢?你应该从小就会啊?"凯瑟琳看着她的成绩单问。

"我也不知道,语法很难。一上课,一看见那个老师,我的脑子就乱糟糟的。"

"今天太晚了,明天我陪你复习。我给你解释语法。"

"谢谢你,妈妈。"

她看着罗莎,眼里含着几分醉意。终于有人叫她妈妈了。在她身体内积蓄了很久的关于爱的能量,顿然找到了发泄口。那一夜,她喝干了一瓶墨西哥产的,带点涩味的红葡萄酒。

第二天早上,约7点钟的光景,罗莎在出门前叫了她几声妈妈,她的眼睛里有一种灼热的光。她吻了罗莎的长发,又亲了她那圆润的、古铜色的脸蛋。这是她希望看到的一个女儿的形象。她的脸上偶尔也会露出一种窘迫,但她比她父亲又多了一份灵秀。在她看着父亲的时候,她的脸上时常显出一种隐约的担忧。她简直就像一幅画,凯瑟琳能从她的脸上读出某种情绪。一个月过去了。罗莎的西班牙语成绩还是上不去。她忍不住给罗莎的西班牙语老师打了电话,要求约时间见面。

那个西班牙语老师大概三十岁出头,眼睛大得差点出了眼眶,口气中有一种极端的自信。在凯瑟琳看来,她的西班牙语的发音不算太标准。她很坦白地告诉凯瑟琳,罗莎可能有多动症。"更具体地说,就是上课时不停地摆弄手机。我的课有一个半小时。在这段时间内,她要去洗手间六到七次。"老师说。

"我的天,那我真是疏忽了!在我的家里,她有一个自己的小房间。我不清楚她怎么具体安排自己的学习。但她很明确,她将来要做社工。你要相信,她是一个非常好的孩子。"

"我明白她是一个好孩子,但你应该考虑尽快带她去就医。"老师的口气很坚决。凯瑟琳开始心慌了,她不是一个相信心理治疗的人。她总觉得那些心理治疗师是有点不懂装懂,还有点神神秘秘的。当她跟罗莎谈起老师的建议,罗莎的眼睛里冒出怒火。"你有什么资格去找我的老师谈话?她怎么知道我在想什么?她的课实在太乏味了,她就是个愚蠢无味的教师。"

凯瑟琳看着她,慈祥地笑了一下。她喜欢她声音里带的那种野性。也许,这个女孩已经自我压抑了很久,今天的这种发泄对她或许是健康的体现。她给唤打电话,问她自己能否带他的女儿去看医生。唤说他愿意跟女儿谈一下。他们谈话之后,罗莎并没有向凯瑟琳表示过什么。

在罗莎的十八岁生日那天,凯瑟琳带罗莎去纽约的大都会博物馆去看毕加索的画。看完后,她们回到家里。罗莎看着凯瑟琳,好像是等待着她说些什么。凯瑟琳略显紧张,她希望能够打开这个女孩子的心房。她告诉罗莎,自己给她缝了一条棉被子,淡粉色的滚边,中间绣了一个绛红的椭圆。椭圆那块是丝绒做的,上面贴着红、白、蓝三色小花。她把那条被子放到罗莎的床上。罗莎的房间是整洁的,墙上挂着她生母的一张画,是用黑色铅笔画的。

当凯瑟琳把被子交到她的手里,她拿起被子的一角,吻着那些小花,而后拥抱了凯瑟琳。

"罗莎,请替我跟你母亲说一声对不起。"凯瑟琳说。

罗莎的脸上露出一种沉重的表情。她道:"爸爸好像要离开母亲了。大概因为你!"

从那天起,凯瑟琳的心里产生了一种罪恶感。从来不上教堂的她,在一个周日走进了57街的圣彼得天主教堂。她首次向上帝承认自己是一个罪人。她祈求上帝不要让罗莎很快地离开她,祈求上帝说服罗莎去就医。罗莎在一周后同意跟她去看心理医生。那个医生叫斯考特,他的诊所开在布鲁克林的一个高档区,地区的名字叫帕克斯卢普。罗莎看见了那个医生后,觉得他那大而圆的脑袋非常可爱,她认真地打量了他大脑的轮廓。斯考特说他要跟就医的女孩子单独谈谈。凯瑟琳就识相地退了出去。在等待的小屋里,她的眼前反复出现罗莎的墙上那张她母亲的画。罗莎会跟医生谈什么？会不会把自己描述成一个道德沦丧的女人？她不停地祈祷。她觉得上帝听见她了。她觉得罗莎似乎开始在内心憎恶她了，甚至是鄙视她了。当然，唤和他的妻子有着他们的问题，但自己的介入似乎让事情变得更糟糕。尽管罗莎跟着她会过得好些，但罗莎更爱的是她的生母。约四十分钟后，医生请她进去参加谈话了。医生说罗莎承认自己精神不能集中，同时还有抑郁的倾向，她甚至还考虑过自杀。凯瑟琳的脑子开始乱了，她的眼前出现几道紫色、白色、灰色和橙色的光。她看见自己跪在神坛前的样子，似乎在领受审判。她是个满身有罪恶的女人啊，比如她强烈地希望过西恩会跟他的妻子分手；当她遇到唤后，她控制不住想跟他上床的愿望。她是个多么不纯洁的女人啊！但她对他们的孩子的好是发自内心的。也许神会原谅她。

在回家的路上，罗莎泪流满面，她对凯瑟琳说："我最近对你很粗暴，我没有感恩。我其实是想对你好的，但想到我的妈妈，我突然又恨你，觉得你跟妖魔差不多。你把我爸爸的心抢走了，甚至还在用我拴着他的心。但我是错的，我现在肯吃药了，你是我的另一个母亲。"两人一路相拥而行，无视路人的眼光。第二天晚上，凯瑟琳从小区的药铺里把斯考特医生开的药取回来了。一种是治疗好动症的,还有一种治疗抑郁症。当她把药交给罗莎的时候,心里还疼了一下。"你要严格按照医生的建议,不要吃多了,或者吃少了。"她柔声对罗莎说道,"其实,我心里还真有点害怕呢!"

"不用怕。"罗莎的表情显得平静,"我都在图书馆查过了,吃这种药不会让我变得更笨,会不会变好就不一定。我如果有不舒服,会直接给医生打电话的。"

约三周后,罗莎的学习成绩开始变好了,特别是西班牙语的成绩。她把成绩单给凯瑟琳看,凯瑟琳高兴得有点不知所措。但她没有去拥抱罗莎,她还是有点恐慌。这种药的效果会长久么? 常吃药的副作用会是什么? 她不觉得罗莎应该对她心怀感激。

凯瑟琳逐渐变得必须每周去教会两次忏悔自己的罪。不管她这辈子真心帮助过谁,她依然是个罪人,她这么觉得。比如她对自己的父亲也不够好,在他生病的那段日子里,她很少去探望他。她不是故意的,那时她在帮助一个朋友募捐,多次在她的住区召开会议,意在帮助那届的民主党人获得更多的选票。后来父亲过世了,她虽然感到难过,但没悲痛欲绝。她总觉得父亲的身上有着俄罗斯犹太人的精明,这点让她觉得不喜欢,甚至无法忍受。他也懂不少的东西,比如经营股票,比如怎样把所欠的钱转到一张新信用卡上去,然后再无利息地转到另一张新的信用卡上去。母亲说过,父亲是个投资方面的天才,只是运气一直不太好。

她的爷爷是一个对生活粗心大意的、对世界充满爱意的人。而父亲总是忙碌着,常常念叨着他亏损了多少,或赚进了多少。他极度缺乏人文方面的知识,甚至从来都没看过歌剧或百老汇的音乐剧。他几乎都不看新闻,但他一直都养家。母亲从来没有抱怨过父亲,她沉醉在音乐世界里,喜欢听学校的孩子们唱歌。而她自己呢?她为什么总爱上那些她不该爱的男人呢?为什么对那些长着一张老实面孔的、来自美国中西部的美国男子她都不屑一顾?他们也不是没有追求过他,他们最后都一个个成家了。当然他们当中也有离婚的,但至少别人都有过自己的孩子。但她并不觉得没有自己的孩子是个巨大的遗憾。那些生育过的女子,她们就没有遗憾吗?比如她们不曾体尝过她心里的那种不确定感,她的付出是那样的义无反顾。事实上,帮助西恩的孩子,或者唤的孩子,都不过是对两个男子的爱情的延伸。她不希望爱有尽头,她就希望她的爱能像银杏树那样生长下去。而那些和物欲有关的得到,她才不在乎呢!

罗莎高中毕业后,在布鲁克林的社区大学读了心理学。后来她回到艾尔帕索当了一名社工。她的母亲由于长期的营养不良，身体只有罗莎的一半高。罗莎常常给凯瑟琳写信，后来渐渐地少了，再后来只是在圣诞节或感恩节给她一个电话，谈谈她的男朋友，她要看看对方是不是一个好父亲，然后再考虑结婚的问题。有一天，罗莎在电话上问："你要父亲来陪你住一会儿吗？你的声音听着不太好。我有点担心你。爸爸想着你。"凯瑟琳问起她的母亲，罗莎说她的母亲已经住进由一个天主教堂派出的义工管理的医院。她几乎每天去探望她的母亲。

凯瑟琳没有多想，便拿出所有的积蓄在纽约上州买了一个小公寓。唤搬进来，帮她把旧房子那摇摇欲坠的楼梯和破旧的马桶都修好了。他每天替她做墨西哥馅饼，她喜欢吃馅饼里带脂肪的肉。他们几乎每天晚上在地板上做爱。她偶尔发出姑娘一般响亮的吼声，而他即使在高潮时，也就哼几下。

几年前，凯瑟琳的父母已经相继过世。她觉得和唤住在一起才是她生活的开始。而唤是多么需要她的引导。有的时候，他说出的话像儿童一般幼稚。她最近才知道，他竟然从来没在美国看过牙医。有一天，当他们做爱到一半的时候，她突然从床上坐起来，把手指伸到他的舌头上，摸着他的舌尖，道："孩子，你应该去洗洗你的牙齿了,它们像是在发炎。"

他像是被打了一巴掌,突然觉得自己像狗一般卑微。他梳理着自己的体毛,像是要掩盖他心头的悲哀。他从她的身体里退出来了。他光着身子走到她的梳妆台前,打量着自己,而后张大嘴巴,对着镜子伸出赤红的舌头,在嘴巴的四周绕了一圈。她走到他的身后,把双手搭在他那厚实的肩膀上。"亲爱的,我没有冒犯你吧?"她用舌头舔了他的额头。他突然问:"我口腔里的气味让你那么受不了吗?"

"倒不是,亲爱的。"她突然有一种罪恶感,"我只是担心,以后你会逐渐失去你的牙床,吃起东西来就没力道了,就像我爷爷当年那样。我没有其他的意思。"

"哦。"他表示理解。"那我帮你安排一下,下周可以吗?"她开始给一个牙医朋友打电话。那个友人是个年轻的女医生,刚开业不久,很需要找新病人。听见来的是凯瑟琳的男友,声音里充满热情。"放心吧。我会详细地跟他解释有一口健康的牙齿是多么重要!"

唤对看牙医是缺乏心理准备的。他原以为洗一下牙齿也就半小时的事情。没想到她先给他照了好几张 X 光的片子,才拿出牙具来清除他的牙垢。她不时地批评他太不懂得保护牙齿,并指出他右下排的一个智齿已经发

徙

46

烂,应该尽快地拔掉。他说智齿不能拔,他本来就缺乏智慧,他怕智齿没了,就更不理解凯瑟琳在说什么了。在牙医的坚持下,他答应补修右边的一颗大牙。她动作麻利地给他打了麻醉剂,他疼了一阵后,开始感到脸部发麻。他不清楚她用力很重地在他嘴里做些什么,他觉得自己宁愿挨一顿狠揍。凯瑟琳为什么会突然提出让他整牙齿呀?难道是自己口腔里的气味令她忍无可忍了?他终于决定放弃抵抗,任牙医去修理他的口腔。

当他回到她的住处,她热烈地亲了他的脸,把他按到沙发上,问他嘴里是否还在流血。她给他准备了止血片。他摆摆手,说自己没这么娇嫩。她慢慢地在他那咖啡色的身体上挪动,留下很多她的体液。她用一位在读大学的中国女孩送她的毛笔,蘸上自己磨的墨汁,在他身上作画。他那低声的呻吟时常能激发她的情欲。她的眼睛里闪着一种亮光。她问:"我其实想问你,我们可以结婚吗?"

他感到了头晕。他不安地看着她,轻轻地说:"我是个天主教徒,我是不能重婚的。我的妻子还活着呢!跟你一起,我感到生命的活力。然而,跟她在一起,即使是看见她天天在床上躺着,我感到一种宁静。我愿意这么陪伴她,一直到她消失。"她呆望着他,道:"谢谢你这些天的陪伴,我也一直在忏悔中。其实我不是个极端自私的人。"他跪在她的膝下,把头放在她的左腿上,请求她的宽恕。"我们不是一个阶层的人,我们的缘分是有限的。我简直都不配认识你,亲你,和你睡在一张床上。"

一天,西恩的女儿凯迪突然来找她。凯迪在几年前生下一个孩子取名叫派屈克,现在她和孩子的父亲住在一起,但他们之间已不再是情侣。凯迪在凯瑟琳家的附近开了一个瑜伽馆,并独资买了个公寓,把孩子带在身边。

凯瑟琳每个周末都和凯迪的孩子一起玩,教他说西班牙语,教他数数。派屈克的眼眉有点硬,下巴尖,活脱脱一个年轻西恩的模样。派屈克快六岁的时候,凯迪把孩子要回去自己带了。她关掉了瑜伽馆,开始在家里做一些网页设计,开了一个叫莲叶的网上商店。她说这样也能养家糊口。她每隔两周去看凯瑟琳一次。

凯瑟琳把身上的能量用得差不多了。那年,她忘了打防流感的针剂,得了一场严重的肺炎。开始,她花着自己的钱,在医院躺了近一年。两年后,她的积蓄基本花光了。是罗莎赶到纽约来帮她申请到纽约州政府给赤贫阶级的救济金,她很快被转入布鲁克林的一个养老院。在那里,她跟一个能说西班牙语的老人共享一个房间。她们谈着自己年轻时候的一些事情,似乎很合得来。她常常谈起唤,说自己是多么想见他。但每次来看她的都是罗莎。她常常带着花来,帮她洗头发。在凯瑟琳需要的时候,她把她从床上扶起来,慢慢地走到洗手间。在她的手关节疼痛时,她按摩着她的手指,说起她的孩子已经上幼儿园了。"妈妈,我现在是一个有证书的社工了,未来我还想去学心理学。我依然会想着自杀的事情,但想一阵后又过去了。你有过那种想法吗?"

凯瑟琳轻轻地喘了口气,用力地点头:"有,我一生都有自杀的想法。我一直都不清楚上帝让我到人世间的使命。但总是觉得被什么理由绊住,或是随便给自己编个谎言,就像作家写小说时可以创建一些美景,于是我又忘记去执行我的自杀计划。"罗莎笑了,眼里好像灌了蜜汁。"是,我现在不吃那些愚蠢的所谓情感稳定剂了。当我情绪低落的时候,我去做运动,或者去帮助一些我不认识的人。妈妈,你最喜欢的是别人需要你,而你能确切地帮助他们。"

"是的。那么,你的父亲呢?他还是不能来看我吗?"她颤巍巍地问,眼睛里闪着微光。

"爸爸已经去世了。他过世前给我留下字条,他不让我告诉你。他患胃癌。他总是对自己那么苛刻,从来不把钱花在他自己身上。他说这辈子他只爱过你,你对他的吸引力可以说是致命的。"罗莎的话让她心底发亮。她有点想坐起来,但失败了。她脸上显出一种不甘。

"妈妈,你想说什么?"罗莎问。

"我在想,这就是我的一生了。人生马上就要过去。这辈子,我到底做了什么呢?我这一生有意义吗?"

"当然有意义,你帮了很多的人。"罗莎说。

"可是我从来没有做过什么大事,比如改变世界什么的。我的眼前,似乎总有个影子,犹如证人一般,在指责我一生的无为。"

"不是的,妈妈。你的其他的孩子明天就到了,就是西恩的两个孩子。马克现在是个有名气的广告设计师,凯迪已经有了自己喜欢的工作。他们要来看你呢!"

凯瑟琳听着,似乎是累了,默默地合上了眼睛。她的脸上写着一种安详。

秋 凉

8年前,孟小昭在马里兰一个知名大学的公共卫生学院上班,任助理教授,过得不好不坏。春天快到了,她特意穿上一件鹅黄色的圆领衬衫,还配上一对乳白色的耳环。

刚吃完中饭,她在办公室里接到一个电话,对方是个陌生人。

"喂,你是孟小昭吗?"对方的声音带点磁性。

"是我!你是?"

"帕克。"

当孟小昭听到他的名字时,她的心狂跳了几下。两天前她到美国国立科学研究中心的网站上去查过,她还没有看到自己三个月前提交的标书得到的评分。

帕克温和地告诉她,她提交的那个标书得了不错的分数,虽然不是最好的,但他们的所决定提供一笔特殊的资助,只是周期由四年改为两年。

也许是他的声音显得恳切而温和,她就壮着胆子提高了声音,道:"两年怎么够啊?工作本身就要一年半,然后还要写文章,公布结果。怎么样也要三年吧!"

"没办法。这阵子科研经费紧。这样分可以让更多有潜力的人得到资助。"帕克答道。

"然后呢?比如两年以后?"她的声音里有一种焦虑。

"我也不清楚。我只能告诉你目前的事情。美国的经济情况不好。联邦政府特地给了这笔经费,意在提携比较年轻的、正在成长的助理教授们。如果你觉得这个数目不合理,你可以拒绝。然后你可以重新送一次。"帕克不紧不慢地说,"我个人觉得,有一才有二。"

"我明白了,谢谢。"挂了电话,她知道自己别无选择。科研的大气候比她想的要糟糕很多,她只能接受。不知道为什么,她记住了帕克这个名字和他的声音。

四年后,她从学校换到一个政府的科研机构。那天在新单位的停车场遇到了一点小麻烦。因为在高速公路上迷了路,她去得很晚。她看见几个穿墨绿色的埃塞俄比亚人在指挥迟到的工作人员把他们的车横过来,停在已经泊完的车的后面。她顿时有一种反感的情绪:这算是什么单位,连停车位都不够还在招人!

她把钥匙给了管停车的,四处张望,寻找去办公楼的出口。

"你迷路了吗?"背后传来一个声音,听上去有点熟悉。她回头望去,看见一个穿着白衬衣和米色毛线外衣的男人,骨架和高度均属于中等,头发略呈斑白,下巴略有前倾。

"是,我确实走丢了。今天是我来的第一天。"小昭答道。

"你在哪一幢楼啊?"他问。

小昭把自己的办公室的楼号告诉了他。

"我们原来是邻居啊。不过我在一楼。你叫什么名字?"他问。

当他听到她的名字之后,他说:"哦,我们好像曾经通过一到两个电话。"

"是这样的吗?"她看了他一眼,他就是那个帕克。他的长相要比他的声音老得多,他的口音一直让她喜欢。

"你的祖国是苏联,对吗?"她问。

他笑了一下道:"正确地说是过去的苏联,现在叫乌兹别克斯坦的卡拉卡尔帕克斯坦自治共和国。"

小昭也笑了,回道:"现在想起来,我真要谢谢你当年的指点,不然的话,那几年我可能都熬不过来。看来,如今的科学标书走的都是强强联手的模式。像我这个又倔又笨的小单干户就没法活了。但是,你怎么也会在这栋楼呢? 你不是在总部做管理的吗?"

"我已回到科研的轨道了.我六个月前刚刚过来的。"帕克道。

"为什么? 你原来的管理工作岂不是更加安全?"

"是。但我觉得目前是一个不错的做科研的时期。奥巴马和他的助理们马上要推出脑计划和大型精准医学项目。分子生物学的平台已经非常成熟。我对基因表达,特别对跟调节记忆细胞有关的基因感兴趣。"

"那一块是很难做的呀,太前沿了,我可不敢碰!"小昭诚实地说。

虽然在同一个楼里干活,他们见面的次数并不多。帕克的家在新泽西,开到单位要五个多小时左右。他周一在家里上班。周二到周五住在华盛顿他胞弟的家,离单位有四十来分钟的路程。有的时候,偶尔在单位地下室的餐厅碰到,他们便坐在一起喝咖啡或吃中饭,交换着一些源自上层的有关科研经费发放动态的传闻。她发现,帕克喜欢的颜色很单调:米色和灰色。

前年的一天,他们说起美国失业率有所降低的事情。

徙

帕克摇摇头说:"你看新闻不仔细。其实是找工作的人少了,或者是停止找工作了。这是个算法问题,那些数据不可靠。"

小昭问:"那么,你觉得美国没有希望了吗?"

"我没那么说。"他脸上的肌肉抽动了几下,"我只是担心我的儿子。大学毕业后,他一直和我们住在一起,并不急于找工作。"

"为什么呢?"

"他学的是艺术设计,据说是学位过剩了。他还说自己画画的功底不错,但设计起来缺乏新意。"

"他可以干点别的,比如在超市打点零工。"她说。

帕克叹了口气说:"我们和他谈过好几次了,他采取不争辩的方式,反复说他还没看到他理想中的工作。"

"他想干什么呢?"小昭问。

帕克突然压低声音说:"不知道他到底想干什么。最近,我自己出现了焦虑症状!"

她说:"你自己可以去看心理医生呀。"

他答:"你觉得奇怪吗?人到了快六十的时候很难不焦虑的,总会有一些悲欢离合的往事。"他脸上的一块肌肉突然抽搐了一下。

"如果他努力的话,还是可以找半份工的呀。"

秋凉

"我也不知道他在想些什么。他曾经帮人做过艺术设计,但他缺乏工作经验,所以,做了几份短工后都失败了。后来他就不去试了,觉得挫折感太重了。"他抿了抿嘴说,"不谈这个了。你喜欢打网球吗?"

"喜欢。但是好久没打了。这里附近有场地吗?"小昭的脸上露出笑意。

"有一个。改天我们去试试。"他把手机号给了她。有一天,他们在单位附近的网球场打了一次,自然是以她的惨败而告终。

他笑着说:"你的体力不错啊,捡球速度很快。"

她自嘲地说:"经常捡球好啊,对身体有好处。"

他告诉她,他的实验组找到了一个跟记忆功能有关的基因通道,他已经开始写文章了。他的心情最近好了很多。

"恭喜你! 这篇会上《自然》杂志吗?"她问。

"不知道,只能先投,看运气。"他耸了耸肩。

又是几个月过去了。小昭在一个听演讲的礼堂里看见他,发现他的眼圈很黑。

"你的文章怎么样了?"她问。

"我们在做更多的事情,准备复送。"

"评委有什么意见吗?"

徙

"一言难尽。他们的意思是说,你的脚已经踏入水池,而你只走到水池的当中。你应该继续走,而不是仅仅让你的腿沾上水就往大杂志上发报道信息。"

"他们的这个比喻蛮有意思的。走到深处应该更刺激吧?"小昭说,"你的孩子还好吗?"

"你真缺乏同情心。顺便告诉你,我儿子正在把自己捡起来。他下周将去一个意大利餐馆当招待员。"

"很好!希望他会喜欢。"

"谁知道?也许在那里会找到女孩子。"他翻了翻眼皮,"你的网球要多练。下次还打吗?"

"我不太想打了。我来这里才几个月,感觉不太好。"她皱着眉头说。他用一种愧疚的眼光看着她,道:"我也挺自私的。每次总是讲一些乏味的、关于自己的事情。你有什么不高兴的事情,可以跟我说呀!"

小昭的脸上露出一种犹豫。她的老公,因为没在马里兰大学拿到终身教授的职位,搬到中西部的一个医学院去了。他们的孩子已经快七岁了,她把她送到了私立学校,期望她能得到更好的教育。她的孩子有点不适应,私校的功课更多。其他的同学大多已经有了自己的小圈子,而她的孩子觉得自己是个外来者。小昭跟他提了一下自己的一些想法。

秋凉

他道:"你到现在才有这些想法?这种想法我三十出头就有了!人生就是一场自己折磨自己的游戏,等折磨不动,只能在家里消遣人生,心情就自然好了!"

他的话令她想哭又想笑。但她藏起了自己的情绪,告诉他,在上中学的时候,自己不是个功课特别好的学生,但她把做科研看得很神圣。她一路走来,好不容易才知道自己可以做下去。她很多次想过辞职。

他说,他有过相似的人生经验。他也是到了三十六岁才相信自己能够做科研。他道:"你的年纪还算可以。孩子在这个年龄是很需要你的。有人需要你,这是一种幸福。下次,我们一起去吃中餐吧!"在他说话时,他眼角和眉梢的皱纹一张一合,似乎想诉说什么,又不能通过语言表达出来。

在朝办公楼走的时候,她的心情变得轻松了。她想,帕克这辈子是否经历过很多的波折,以后要多跟他聊。

日子继续前移,小昭总算做出了一点小成绩。但她在写文章的时候,觉得难以集中精神。她和老公之间出现了感情上的裂痕。老公每天给孩子打个电话,他们能聊上一阵。但跟她谈的时候,就说些处理账单一类的事情。她想过去看他,他总说自己的项目还没完全启动。她也不敢去碰自己心上最柔弱的一块东西。孤寂的时

候,她开始惦记网球的事情,但每次想打电话给帕克,总觉得不妥。毕竟,她的时间也很紧,总觉得自己不具备这份生活需要的那种敏捷和顽强。帕克,他是怎么承受那些压力的? 他的那双"熊猫眼"时不时地出现在他的眼前。

入夏开始那天,帕克主动打电话过来了,说想请她去一个素食店吃饭。那家店的名字叫"长青藤",是一个美国老板开的,听说那老板在中国的台湾和泰国住过。

他们差不多都早十分钟到了。那天帕克系着领带,穿着白衬衣,下配黑色皮鞋。她的脸色不太好,为了遮掩自己的疲倦,她在自己的圆脸上涂一层淡紫色的粉,眼睛用睫毛膏匆匆刷了一下。

帕克津津有味地吃着素的小笼包。吃完时,他坚持要埋单,她也就依了他。他们似乎都不急着去上班,恋上了喝茶。他道:"住在我的弟弟家,似乎也有点问题,其实我跟他也没太多共同的语言。我有点想搬出来住了,我要在单位附近找房。"

"那会是很贵的,学区的情况比较两极,所以我刻意住得很远。"小昭道,"我每天花在路上的时间是三小时左右。"

"这么长的时间! 你这样开,时间久了,腰部会有劳损。你这么做可真不容易!"他叹了口气道,"这样吧,我买个两室一厅,你如果累了,就住在我的地下室里,不需要交钱了。"

小昭看着他,没有回答。

回到家,钟点工跟小昭说,女儿今天在学校的操场上,被一个日本男孩打了一记耳光。她去学校接她时,小朋友便大哭起来。老师给她留了一张纸条,她从钟点工手里接过纸条,看懂了大意。老师的留言说:那个日本孩子的母亲已经向她的女儿道歉了。如果家长有任何不安的情绪,请尽快跟学校联系。

小昭走到女儿的房间,看见她已在床上睡着了。她看到女儿脸上的一块红印,有点自责,她在她的脸上亲了一下。最近她对女儿的关心少了。她已在考虑让女儿换到离单位近的私校,这样她可以在早上开车把她送到学校,下班后可以早点去接她。

大约晚上 10 点钟左右,老公从密西根打电话过来了。他的口气很客气,主动说了他最近太忙,实在没时间跟她细细聊。然后说,他的新工作让他找回了内心的自尊,他总算在一个别人不敢用的抗重度抑郁症的药物中找出了一个对药效起关键作用的化学物。他说目前这个学校对他很不错。年底,他应能拿到终身教授的职位了。

小昭为他流下欣慰的泪水。她想起在高中的时候，他俩总是在晚上最后离开教室的，他们都喜欢生物。班主任曾经说过，他们班要出什么名人的话，那就是这两个。后来他们分别靠自己到了美国，奋斗了八年后，在一个全美的生物会议上重逢。会后，他们一起在巴尔的摩的内港散步。突然下起雨来，他们的脚步变得匆忙。当他们走到水族馆附近，他对她说："如果我跪下来向你求爱，你会接受吗？"

　　她想也不想地说："那你就求求看嘛！"

　　他们也到了适婚年龄，急着要当围城中人。他们没办喜事就在美国登记注册了。悲哀的是，在他们共处的十多年里，两人都忙于工作，聚少离多。现在她已经习惯了没有他的日子。他在电话上支吾了一会儿，终于说出自己想再成个家，生个儿子。他说："我已经有了一个关于新家庭的设想，那不再是抽象的！"

　　小昭暗暗地叹了一口气。以前的情谊已消散在他们忙碌的生活琐碎里，现在他们是两不相欠。这也算是个不错的收场。

　　几天后，她告诉帕克，她开车实在太累了。腰部的肌肉出现了劳损，想在他的公寓里住一到两个晚上。

　　"你的孩子怎么办呢？"他问。

秋凉
———

"请一个邻居的大孩子在我家过夜。"她说，"她很喜欢我的女儿，顺便也跟我的孩子学中文。"

"那倒很不错。"

她拿定主意后，便在他的地下室放了一个小的行李箱。她说自己不会每周过去住，但如果去住，周一会通知他的。不知怎么的，她总觉得有点窘。自己都年纪不小了，随便就答应住在一个不熟悉的异族男人的家里。帕克已经有很多的白头发了，脸上有点精神的就是那双眼睛了。

其实她很想找个女友谈谈这些，可是她没有过太亲密的女友。即使有，她也不见得说得清自己的心情，不过她最近干活越来越有劲道了。她突然想到，自己正在做的那个大老鼠实验需要更换思路。为什么不能把它们用的那个抗忧郁药物的结构变一下，看看能不能降低副作用呢？她马上打电话让研究助理做了新的实验。等结果出来之后，她做了统计分析。结论显示：变构的化学物疗效不变，但其副作用减轻了。她松了口气，幽幽地哭了一阵。

那天，小昭告诉帕克，自己要在他的家里住一个晚上。他的脸上露出一种不安，但又克制了自己说："好。我把你的房间打扫一下。"

到他家前,她先去一个叫"大中华"的超市买了几样菜,又到一个友人的铺子里买了些牵牛花的花苗。

一进屋,小昭听见《莫斯科郊外的晚上》的音乐。帕克穿着一件淡绿色的 T 恤衫,面带羞涩地看着她。她避开了他的目光,只问他喜不喜欢吃鱼,或者吃素菜。他执拗地盯着她看。她没有再放在心上,打开了他厨房里的冰箱,把鱼用米色纸包好了,放进冰库,然后把虾用水冲了一下,娴熟地剥掉了虾壳,并把虾背上的筋脉挑了出来。她也不再问他到底爱吃什么样的虾,她在锅里放了少量的油,把虾放进去略炒一下,然后放了鸡蛋进去。等蛋熟了,就把这盘菜装在她新买的深蓝色的盘子里。她又做了个秋葵炒蟹肉。问他想不想吃饭?他说自己是真的饿了。他们坐在厨房的一张木头桌子边上,眼睛看着眼睛。她倒是像主人那样地给他搛菜。他低头看着秋葵,寻思着这是哪一种菜?后来想累了,挠一下头皮,就不管不顾地吃起来了。

秋葵有甜味。他有点感激地看着她。她也低头吃着饭,专挑虾仁和菠菜吃,她搛菜的姿势像个年轻的女子。他很快把自己的一份吃完了,就等着,企图在她抬起眼睛的一刹抓住她的目光。还真是被他等着了。

他问:"你这么怕我的眼睛吗?"

秋 凉

小昭流下了泪水。他用自己衬衣的袖口抹干她的泪水，她的泪水流得更猛了，身体抽搐着。

他把手在小昭的脖子上搁了一会儿，然后把她抱到了床上。一种久违了的亲密包围了他们。艰难地，他们企图给彼此一种快感，那种没有贪婪的快感。他们身体底部的神经反射是缓慢的，但小昭突然间亢奋起来，于是更渴望地接触到他的肤肌。他慢慢地进入她的密道，她的身体开始发颤。也许是她的神经太纤弱了，不一会儿，那种神奇的感觉就从她的身体内消失了。而他依然在吼着，声音里透着一种积蓄已久的能量。

他们喝着绿茶。小昭谈着女儿最近的成绩下降的事情，她不记得有过男人那么认真听她讲话的。他看着她的时候，不只是听她讲，而是在用力思考她所分析的问题。他的回答是小心的，但有分量。

她珍惜他的一些建议。感激之余，她总是想给他一个纯粹的吻，而不是在把他身体里的精液吸出之后的那种带着感恩性质的吻。她会爱上他吗？她每次都不愿意回答自己。她了解他们之间所存在的距离。

两个月后，他们一起到芝加哥开会。近晚上6点，他们在一个吃龙虾的小馆喝啤酒。小昭接到了一个电话，听声音，对方是个白人。

"我是警察,你的孩子在我这里。她今天在一家服装店偷了三个乳罩,你最好快点过来接她。""你是否搞错了?"她的头剧烈地痛了起来。警察道:"那你自己跟孩子通话吧!"

"妈,妈!"女儿喘着气叫她,"妈,我偷,偷了。"

"你,偷了多少?"小昭的心发抖了。

"很多,很多。"女儿一边咳嗽着,一边说,"你再不来,他们要把我带走了!"

她让女儿把电话给了警官。

小昭对警官道:"对不起,先生。我正在波士顿出差呢!你这是要把她送拘留所吗?如果我今晚能赶回来,您能不送吗?女儿是初犯,她是一时糊涂了。"

"你女儿看着很可爱。我问过上司。幸好她是首犯,而且不到十六岁。"警官道,"你尽量在 10 点前赶到。"

小昭在手机上查询去马里兰的机票,告诉帕克,她必须在四十分钟内赶到机场。帕克道:"那我送你过去,打车会耽误时间。"他把一只手搁在她的右肩上,她轻轻地推开了他的手。

"我们快上路吧。如果过了 10 点 30 分,他们会把她带到警署的。"她说。

在机场,帕克吻别了小昭,不是那种舌头直接接触舌头的那种。她看着他把眼睛睁开，用一种疑惑的眼光看着她，像是要把她看透。

"别着急，事情会好的，我有信心。"他在安检站的门口止步了。

小昭匆匆把女儿接到了自己的家里。她跟单位的人事部门打了招呼，说女儿的精神状态不好，自己每天在家里工作半天，但保证不会影响工作的质量。

帕克突然不再给她打电话了，小昭也想静心做点事情。他们偶尔会在单位的会上相遇，彼此问候。偶尔能从背后看他一眼，她已经满足。

半年后，秋天迈着蹒跚的脚步来了，小昭接到她和帕克的一个共同的朋友打来的电话："帕克出事了，他可能有生命危险。"

怎么会？她的心跳加快。

她打开了扬声器，听着。"帕克一周前有过一次心脏血栓，手术后恢复得不错。但令人不敢相信的是他马上回去上班了。昨晚，他跟一个同事打网球的时候，晕倒在地。送到医院后，救护了十个小时，未能留住他。医生说，即使存活下来，也难维持有质量的生命。他身上已有多处器官破裂。"

小昭流着泪水。她的同事继续说："帕克是个多么好的人!"

深夜,小昭在家里的电脑上看到上司给大家发的邮件。帕克在那天下午 4 点许停止了呼吸,刚满五十八岁零六个月。她很想飞到新泽西去参加他的葬礼,但葬礼是帕克的妻子安排的,所里没有人能告诉她,葬礼举行的地址。

清晨,在院子里,小昭看见几片刚掉下来的叶子,突然悟了。帕克就像是一片秋叶,贴在秋的脊梁上飞,被风掀起几回,丢落。小昭握着一片叶子,感受着颤抖的秋凉,久久不忍释手。

翻 飞

在霍普金斯大学任职,想招到好的博士生并不难,难的是如何根据每个学生的综合能力去帮助他们选择项目,找到经费或合作者,在五年内达到一个博士生的要求。当我拿到了霍普金斯大学助理教授的职位时,我既激动又担忧,我对带学生有一种诚惶诚恐的心态。我属于一个偏内向的人,更多的时间喜欢独处,思考一些有关科研的问题,也涉猎其他领域的书籍。但当和人在一起的时候,我总是有点紧张。我的在哥伦比亚大学的博导经常提醒我,在美国就要能说会道,躲在办公室做科研的人是很难到达事业顶峰的。他要我改掉东方人的腼腆。我当时不服气地想,腼腆有错吗?后来我渐渐领悟到,当导师不能腼腆。在我带过的五个博士生中,克莉斯汀是最有个性也具有挑战性的一个。和她的相处既痛苦又令人兴奋,也使自己在培育人才方面有了一点悟性。

那时,她已三十岁出头,是我们系的新生中年龄最大的一个。她在入学前就已经拿了一个硕士学位,然后又在波士顿的一个实验室干了两年,有了三篇第一作者的文章。她入学后,带她的是我的美国同事丹妮,一个健美、高大、对未来充满信心的年轻白种女人。当时我们的关系融洽,还曾经一同在晚上去酒吧喝酒,谈天说地,开车去费城吃中餐,还看过几个非主流的美国电影。

在丹妮被指定为克莉斯汀的导师时,我略有点妒忌丹妮。挑上这样一个好苗子,多省心。克莉斯汀已经被培养了一半,能言善辩,日后写文章也肯定是把好手。不过,丹妮在提起克莉斯汀时,她总是褒贬参半。她说,我们系的一位科研助理告诉她,克莉斯汀一来我们系对助理指手画脚。那位科研助理告诉丹妮转告克莉斯汀,下次要再对她这样,她将拒绝帮助她。

我对着丹妮做了个鬼脸说:"谁让你光看人履历的,人品也很重要啊。"她把眉毛一挑道:"等着,我会把她搞定的。"

"我永远对你有信心。"我预感到,虽然我们的起跑点相似,但丹妮一定会比我走得远。这不是技术层面的问题,而是我们对生活质量的理解有异。对我而言,生活的质量是一种综合性的平衡。我爱我的工作,我也爱在工作的余暇读小说,写小说,投稿,和爱侣去远方旅游,了解一些不同的风土人情。我觉得丹妮比我更专心,更有社会活动能力。我们几乎每周要在餐馆相聚一次,谈谈彼此工作的进展。但我们的友情因为一个学生的原因而转淡。

入系后第三年的秋天,我们系遗传部门的主任把我叫到她的办公室,问我能不能接受一个已经在我们系待了两年的学生。我当时只带了两个博士生,时间仍有富裕,于是便同意了。可是问到那个学生要换导师的原委,才明白是克莉斯汀和丹妮彻底翻脸了,我顿时犹豫起来。丹妮和我最近不太亲密,原因可能有两个:一个是她找到合适的男朋友了,晚上便不留在办公室加班了;另一个原因是我们的合作伙伴不在一个科研圈子里,所以,我们之间沟通的机会也减少了。如此,我们的办公室虽然相距不远,即使见了面,似乎也只是打招呼了,不会再像以前那样深谈。

主任没有详述她们之间翻脸的缘由,只是说:"希望你能带带看。我觉得这个孩子有着一身的技术,很有雄心,但不懂做人的道理。你们的科研方向虽然不同,但还是有相似的一面。你能不能试一试?实在不行,我就接了!"

　　我了解她的心思。主任已带了六个学生,哪里还有时间?但我接了这个学生,就可能会得罪丹妮。我答应主任考虑几天再作决定。当我和主任谈完回到办公室,便收到了克莉丝汀发来的邮件,说要和我约谈一小时,并问我有无兴趣做她的导师?在信中她特别强调了自己的独立性,说自己已经在某精神健康研究中心找了份工,所以她的生活费不需要我来支付。我当即回复:我们可以面谈,当不当导师,根据我们谈话的结果而定!

　　当她走进我的办公室,我的第一个发现是她的体重明显增加了。她虽然穿得很正式,但精神不佳,眼睛里没有平时的那种张扬和傲气,眼球里还渗出血丝。她一开口,嘴里就透出一股烟味儿来。我起身打开了窗户。她有些敏感地说:"我让你不舒服了吗?我原先已经戒烟了,最近又抽起来。我和男朋友断了,你知道吗?"在那个时刻,我对她产生了一种同情:"你的男友究竟怎么了?"

　　她的脸上露出一种不屑。她说:"现实生活里总是滚动着冷暖和阴晴。我不想浪费你的时间,我们还是谈谈未来的工作吧!"

　　虽然我很想了解她和丹妮之间到底发生了什么事情,但明白这些已经不重要了,便问她对自己的论文课题有什么想法。我说:"我一般是不给学生定题目的。除非他们自己定不下来。你有很不错的背景,在课堂上看你思维很活跃。你说说想干什么吧?"

她从她的包里拿出一盒口香糖,朝嘴里放了一块,问我要不要?我拿了一块,放进嘴里。她面带委屈地说:"你知道吗,本来我和丹妮之间的互动还是可以的。可后来她越来越忙了,我们之间的沟通越来越少。我的项目早就定下了的,我已经开始做了。可是,我今年用邮件送给她一些初始的结果,她却说我做的都是错的。我找了这份工以后,忙得简直跟狗一样。我一再和她联系,她总说太忙,没有时间思考我的课题。更气人的是,最近我们一起发表的一篇文章,里面的分析都是我做的,丹妮却说,她的合作者(霍普金斯医学院的一位资深女教授)已经付了工钱给我做分析,所以第一作者应该是她(丹妮)。我觉得这太不合理了。于是,我决定要换导师了。"

我觉得她陈述的理由尚在情理之中,我说:"事情已经过去了,丹妮从来没和我说过什么关于你的事情。你谈谈你想做的项目吧。如果我们两个的科研方向有一定的交互,那我们可以谈下去。"她眨了眨眼睛,脸上的表情变得生动起来,她开始谈她的科研思路。她的想法新颖而大胆,但她的叙述也体现出她对想做的项目的背景不够了解。我大致明白了她想要开发一个研究人类进化学的统计软件。我说，做这个项目是要有进化学背景的，而她不具备扎实的相关背景，我在这方面也较有限，况且这一类的项目已在近两年中被别人做过多次。我们还不如另起炉灶，考虑一下不同基因之间的相互作用的效应，先评估一下现存的方法，然后把一些数学的运算方法用到我们想解决的遗传病的发生机制问题上。她想了一下说："你说得也有点道理。我知道研究基因之间的互作效应是未来的方向，现在踏进这个会大热的领域可能正是时候。这方面的文献我也看过一些。"

我接着直言希望她通过目前雇用她的团队领导申请到有关精神分裂症的人类基因组的数据，这样，我们做出来的软件才能被证明会有实用价值，这方面的文章也较容易被重要杂志介绍。她同意了。之后，我们有了一些通信联系。她的工作进展很快，迅速查询了大量的文献资料，同意把论文朝我的建议的方向转，承诺在六个月内写出具体的科研计划，并在我们系的研究生讨论会上作一个四十分钟的演讲，然后过我们系的博士资格考试。而这个考试的成功只是取得博士生候选人资格的第一步。

主任对我愿意接受导师这个位置感到欣慰。然后

翻 飞

说,等她召集我们教研组成员开会时,再告诉丹妮由我接克莉斯汀的决定。主任和丹妮的关系一直很好,在学术上对丹妮也有所依赖。我明白她不想给丹妮一种感觉:是她要我接克莉斯汀。她要我对丹妮说,是我自己要接的,而不是她让我接的。在开会前,我想过要和丹妮谈一谈,但还是觉得在开会的时候再宣布,可能会减少让自己情绪波动的机会。不过,我做好了得罪丹妮的准备。我知道,和丹妮交朋友,必须对她忠诚,不然,你将失去她的友情。所以,在她和克里斯汀之间,我作了选择。克莉斯汀正处在人生的一个三岔口,她急切地需要一个对她没有偏见的人的帮助。而我自己,在拿到博士学位前,也有过感情上的困惑,一度消沉,几乎无法写完自己的论文。那时我也曾经得到过导师和其他同学的帮助。是一种回报的心态让我作出接受这个学生的决定。

当我在教研组的会上说出自己的决定时,丹妮那对棕色的圆眼睛睁得很大,看了我好一阵,问:"你了解这个人吗?"

"不太了解。"我答,"但你知道,我一直都想带喜欢创新方法,也善于写程序的学生。已经和她谈了,我觉得她以前的过失是性格不成熟的表现。她现在已经能静下心来考虑她的科研方向了。我只是从自私的角度,希望挖

徙

掘一下她的潜在的能力,和她一起联合完成一个应用方法学的软件。"我的口气很坚定。丹妮大度地朝我点了点头说:"祝你好运吧!要注意,你会更多发现她在人品方面的问题。不过,我不想说得太多。"我们的主任对这个会议的结果非常满意。我提出的唯一条件是让主任当第二导师,并要求克莉斯汀把每一份发给我的电子邮件抄送一份给主任,以利于三方间的沟通。主任表示同意,她说:"我等待一个奇迹的发生!"

克莉斯汀开始做的几件事是让我满意的。不到一个月,她便把论文大纲写出来了,我也和她的职场上司见了面。有趣的是,他的名字是丹尼(丹尼在发音上和克莉斯汀的前导师丹妮无异)。他是一个在国际上很有名望的研究精神病遗传机制的专家,手握重金并有权使用从人脑里提取的遗传标本库的信息。在我们第一次的三人会议中,他爽快地同意让克莉斯汀使用他的部分数据来论证她的方法。他很器重克莉斯汀。我渐渐领悟到,人和人之间的互动效应是不同的。克莉斯汀也许在丹妮面前展现了自私的一面,而在男性上司丹尼面前又展现了她聪颖、精神上高度独立的一面。我和她之间,又会是怎样的一种互动呢?

接了克莉斯汀以后,我开始阅读一些心理学方面的书籍,包括一些家长如何和孩子沟通的指导书。虽然我们的年龄很接近,但生长环境完全不同。克莉斯汀出生于美国中部的明尼苏达州的一个小镇。她常常说,小镇上没什么美丽的建筑,街上常有一些不工作的女性传播邻居的隐私。她曾说过一句:那里让她快乐的只有风和阳光。

她的父亲是个搞保险销售的,母亲是小学教师。她六岁的时候便常跟着父亲去敲邻居家的门,求他们买人寿保险。有的时候,一些善良的邻居看她口齿伶俐,又知道她的母亲为人善良,便买了她父亲急于销售的保险。

她的父亲在三十岁那年,表现出焦虑倾向,脾气变得很暴躁。在销售经营不顺利时,他便对自己的妻子施以拳脚。克莉丝汀的母亲常常带着脸上的瘀青去小学教课。半夜里,克莉丝汀常听见母亲的哭声。在克莉斯汀十三岁那年,克莉丝汀的父亲已失去了工作能力,在家借酒消愁度日。一个冬日,她的母亲向他抱怨了几句,说他不应该就这么消极地待在地下室里,望他去戒酒所接受治疗,或者学习电脑操作,以便找份工作。他的父亲便狂吼不止。正在厨房做作业的克莉丝汀突然听到母亲惨烈的叫声,继而是地下室的枪声。她忙跑到地下室,看见父亲拿着一把手枪对着她的母亲,眼睛里闪着愤怒的光。

徙

她的母亲的衣服已经被剥光,跪在地上对着她的男人求饶。她的父亲说,自从他们结婚后,他就开始倒霉。他说他的老婆是个冰冷的只知道改作业的笨猪,做爱的时候毫无激情。老婆就这样把他变成了一个酗酒者和失败者!克莉斯汀哭着求父亲不要开枪,父亲向她踢了一脚说:"你是母猪生的,会是什么好货?"她继续求父亲,一边用胸口抵住父亲的枪。大声地叫母亲逃到楼上。她那母亲神志不清地从地下室跑到了一楼,光着上身便出了门。

门外在落雪。冷风刮到她母亲的身上,好像被弹了回去。她的母亲全然不顾地对着空气吼:"上帝,你在哪里等我?为什么把魔鬼放进我男人的躯体?我现在不能死,我要养大我的孩子!"

村里有不少人看见她光着上半身的样子。男人觉得惊艳,女人则为她感到窘迫。一个在教堂做半职管理的女人脱下自己的棉大衣披在她的身上,并叫自己的丈夫把她带回他们的家。翌日,克莉丝汀的父亲被警察带走,被拘留一天后,强行送进戒酒所。约半年后,克莉丝汀的母亲选择了离婚。她卖掉了她和老公共同拥有的房子,带着女儿搬到邻近的一个村子。此后,克莉丝汀再未见过她的父亲。

克莉丝汀在少年时代就很独立,高中便开始在廉价餐厅里当女招待赚零用钱。大学和硕士学位都是靠自己借款而完成的。有一天她终于告诉我,她和前导师丹妮决裂的导火索是因为她未经丹妮的许可,接了美国卫生院的这份工作。克莉丝汀虽然是个合同工,但以她的能力,已能挣到和她的前导师丹妮差不多的薪水。

和克莉丝汀沟通多了,感觉出她是个敏感而自卫的女人。如果你稍稍对她表露出藐视,她便发誓与你为敌。然而,在她信任的人面前她还是知道什么是礼节的。在她考博士资格的前几天,和她做了两次"演习",我做了模拟考官。我意外地发现她的基础知识已经忘了不少,特别在一些经常会考到的基本概念上还有些含混。我们一起把那几个概念又过了一下,最后我叮嘱她在感觉被挑战的时候,切忌愤怒而失去对考官的尊重。她说:"我当然知道这些。"然后她要求我在她演讲速度过快的时候,提醒她把速度放慢一点。我说:"好的,我一紧张起来也有这个问题。你速度太快,我就用双手撑起自己的下巴行吗?"

她大笑一阵后说:"千万别那样,我会笑出来的。"

"那样你就不紧张了呀!"我说。

考官连我在内一共是四个。第一个是中年非裔教授马克,身材略发福,对临床方面医学知识比较熟悉。第二个是来自巴西的白人教授佩利,是以教流行病学为主的。以前跟他不熟,但在系里的一个圣诞晚会上侃过几回足球世界杯赛,他是个虔诚的球迷。第三个很年轻,叫巴德,是搞艾滋病治疗研究的。我当时觉得那三个人看着都很温和,觉得他们应该不会为难克莉斯汀。

那一天,克莉斯汀穿着一身大红的西装,神情略显疲倦,可能又熬夜了吧!唉,这可恶的资格考试,想到自己在哥伦比亚大学博士资格考试的情形,至今还有胃绞痛的感觉。

当时的提问顺序是,马克先问,佩利其次,巴德第三,我最后才提问。我觉得这个安排是合理的,因为等最后一个开口的时候,考生往往已经累了。作为导师,一般会同情自己的学生,适当地控制问题的难度。不过,有的时候,前几位考官还会进行第二轮或第三轮的提问。

克莉斯汀对第一位考官的发问可以说是答对如流,但在一个收集人类样本的原则问题上犯了个常识性的小错误。马克为人随和,见克莉斯汀阵脚有点乱,便不再追问了。佩利的发问让我大大地吃惊了,他说他对整个项目设计有很大的疑问。他说,我们选用的病例对照组是没有经过筛选的所谓正常人。如果他们中间有一些病人被当成正常人,那会对数据分析造成很大的麻烦。另外,

翻飞

他批评克莉斯汀没有讨论"生存偏见"这个概念,也就是说,虽然我们的企图是找精神分裂症的基因,但因为我们所选的病人是存活下来的病人,他认为我们的调查是有偏见的,我们找到的可能不会是导致精神分裂症的基因,而是调控人的生存能力的几个基因。这个问题虽然有一定的合理性,但文献上的记载提示,精神分裂症患者的死亡率不算太高,所以即使有这种偏见也不会对结果产生太大的影响。遗憾的是,克莉斯汀太紧张了,态度也太自卫。如此,佩利教授的火气更大了,连连指责她连基本概念都没搞懂。虽然我一直在捕捉克莉斯汀的目光,而她已经失去了冷静,只顾反驳佩利。最后,我打个圆场,出来说,由于时间的限制,先由第三位老师提问,而后,由我发问。

第三位考官巴德似乎支持佩利的意见,重申了我们的实验设计有问题,要我们考虑修改。他这么一说,克莉斯汀反倒冷静下来了,降低了嗓门,开始承认他们的批评是合理的,但强调他们要的完美的对照组几乎不存在。我最后在提问前,对批评者的意见表示了感谢,然后考了她遗传学方面的几个基本概念。这个考试持续了两小时之久。最后,我们请克莉斯汀出去休息和等待,然后关起门来,对她在考场的表现作了评估。

佩利认为克莉斯汀必须严格修改她的论文,他的意见得到巴德的支持。马克很折衷,他同意完美的设计几乎不存在,并引用了一些已经发表过的文章解释克莉斯汀立项的合理性,他认为她只要做些小修改即可过关。在四人投票时,结果是二比二,两个赞同通过,两个建议"关键性的修改"。于是,我们把结果写成了"条件性通过"。那条件是:克莉斯汀必须在两周内修改完她的论文设想,还要加修一门流行病学课。对这个结果,我虽然不满意,但也并不觉得太糟糕。我把她从门外找了回来,对她宣布了我们的决定。她显得很沮丧,但没有流泪。我问她要不要出去喝一杯咖啡,她说不必了,她目前迫切地想抽一支烟。

事后,我找主任商量处理这件事的良策。主任认为这个结果并不坏。她说,我们系教授的科研领域大不相同,教授之间有这种理念上的分歧很正常,不必大惊小怪。她还认为这种挫折对克莉斯汀是好事,可以杀杀她的傲气。她建议让克莉斯汀找佩利面对面谈谈。主任说:"佩利是个很真诚的人,你如果虚心求教,他是不会排斥你的。让克莉斯汀学会和反对者沟通也很重要,以后她常常会遇见学术上的敌人。"我听了很受启发。主任在霍普金斯任教二十余年,果然是见多识广呀!

翻 飞

我便给克莉斯汀打了电话,她还没到办公室。我又打她的手机,铃声响了很长一阵她才接了起来。她似乎还躺在床上,语音中夹带着沮丧。我把主任的意见转告了她,并建议她和佩利面谈。"谈什么呀,我不知道他要什么? 改实验设计? 我们不可能去重新采集他要的那种理想对照组,别的科研组用同样的方法做了,不是都发表了?"

　　我想了想说:"我有一个想法,如果你做一个模拟实验,用电脑编程来模拟你的采样方法和佩利建议的采样方法,然后把两种样本都做上万次的模拟,然后你就可以向那位老师证明,我们的设计虽然不完美,但有着自己的特色,计算速度很快。而且,佩利所顾虑的偏见并不是那么大,至于他提出的建议,你大概两小时就可以搞定了。"

　　她听了,口气平和了一些,说:"我试试吧,不过那老头真是我脖子上的一块痛呀!"

　　"那当然,不然他能当正教授吗?"我觉得她的那个比喻还是比较接近事实的。那天,我的脖子也感到酸痛。

　　克莉斯汀和佩利进行了一次"和平沟通"后,评价道:"在一对一的时候,那个老教授还是挺讲理的。"她果然在两周内把她的论文大纲修改完毕了。她给系里其他留学生作的科研计划报告也颇受好评,我这才发现,她是很有演讲功底的。

　　克莉斯汀长得一点都不难看,蓝眼睛,棕色的长发。当她把头发用簪子盘起来的时候,脸部轮廓的清秀便显出来了。不过,在她心情不好的时候,她的嘴角便会略略下垂,口中会突然蹦出一些缺乏教养的口头语。记得丹妮说过她曾有情绪失控而口不择言的时候,她的这个侧面我还一直都没观察到。不过,和她相处中的一个小插曲是令我难忘的。

　　带她的第二年,我们俩一起去波士顿开会。克莉斯汀提出,她老板给她提供的差旅费金额有限,如果要住一个离会议中心近的旅店,她需要一个人和她分享一个房间。

　　我当时手头的科研经费也不太充足,于是便决定和她共享一个房间。那天正好在电梯里碰到她的前导师丹妮,我顺便提起这件事。她显得很诧异地问:"你要和她共享一个房间?"

　　"是啊,她会在半夜起来打我吗?"我不无担心地问。

　　丹妮笑了一下,说:"那倒不会,只是听说她跟人共享房间时闹过不少笑话!"

　　"生活本身很乏味,我很喜欢听笑话的。"我自嘲地说。

"你们好像相处得还不赖呀,恭喜你了!"丹妮说。

"还行。我还是看到了她的努力。我觉得她和你产生激烈矛盾的时候,正好在和她以前的同居男友分手的时候。你知道,人在沮丧的时候会显得更自私,做一些不合理的事情。"

"她和男友分手了?那是个坏消息。他是个律师,我见过,好像很有情趣的。"丹妮耸耸肩说,"这是生活,不是吗?"

是的,我同意法国人常说的这句话:"这是生活!"这似乎是在说,你不用对发生的一切大惊小怪的,存在的就是合理的,你只能去接受。

我特意在波士顿的那个旅馆选了一个高层的房间,从窗口可以俯瞰波士顿的市景。在晚上,波士顿会收敛白天的傲气,显出温柔而善意的一面。

克莉斯汀毅力惊人。她时刻都带着她的手提电脑,即使在参加会议的间隙,还常常回旅馆检查她在电脑上运行着的程序。她会检查一部分已经完成的工作,以此来鉴定程序的正确性。如果发现了错误,我们会在很晚的夜里一起讨论,随时修改她写的程序。就这样,三天内,我们基本上确定了她自己写的程序是正确的。不过,我注意到,她睡眠的质量很差,常常在床上翻来覆去的,实在睡不着了，便起身喝一杯咖啡，打开电脑，继续工作。

她每天早上，会把一大堆药放在床上，然后选择一组来吃。我没问她在吃何类药物，但是我看到那些药物中有一种是镇静剂。攻读博士学位是个痛苦的过程，这过程对人的耐受力要求很高，不少年轻人的爱情在读博的过程中被牺牲掉了。克莉斯汀曾经说过，她的前男友是一个"失败者"。他曾经是一个少年得志的律师，因为处事不慎而失去当律师的资格。其间，他和克莉斯汀的感情起了很大的波澜。虽然他们之间交往的详情我并不清楚，但她在感情上的磨难我还是能够感觉到的。当她在提起他的时候，连名字也不提，眼里泛着泪光。她一直在强调他是一个失败者，不能面对失败。在这方面，我没有能力去指导她，我能做的只是认真倾听她的诉说，不去打断她。不过，她晚上的工作劲头实在太大，朝夕相处四天后，我也开始服用安眠药了。

最后一天的早晨，我还在睡梦中，突然被一阵响亮的电话铃声吵醒了。可能是因为晚上服了安眠药，我的头昏沉沉的。"喂，请你快起来，这是火警！"我听见一个焦灼的声音，这才想起身边还有一个人。

我不情愿地坐了起来，还是没有惊慌的感觉。"你快点行吗？"她催促着，"我的宽边眼镜丢了，什么都看不清。

翻飞
———

85

你能帮我找找吗?"我这才意识到自己还没戴上隐形眼镜。我眼前,她的那张脸是模糊的。不过,我从她的呼吸声中感受到她内心的恐慌,于是,我使劲地睁开眼,在地上搜寻她的眼镜,居然还找到了。"在这里。你接着,我要进去用一下洗手间。"

"谢谢。我们应该立即朝楼下跑,不要用电梯。快一点,我们住的楼层太高,往下走会有一阵子的。"

"知道了,你先去门口等着吧,我自己要把隐形眼镜戴上才能下楼,不然我啥也看不见。记得拿上你的钱包!"我走进洗手间,找到了隐形眼镜戴上,在镜子中看见自己的脸色格外苍白。我想到克莉斯汀还在门外等着,便连睡衣都没敢换掉就出了门。

打开门,我只看见克莉斯汀,却不见其他的旅店客人。我顿时有点怀疑这个火警的真实性。"你等等!"我说,"让我问问其他人,看他们是不是也下楼了?"

"你管别人做什么?旅馆一般是不会发假火警的!"她的语气中透着明显的不悦。

"对不起,我只找一个客人问问行吗?你可以先下去,如果你觉得那是必须的话。"我坚持自己的想法,按响了我们旁边一间屋的门铃。一个老年男人开了门,以狐疑的神情打量着我。"小姐,你有事吗?"

"请问，您听到火警了吗？旅馆通知大家下楼了吗？"

"我没有听清楚。你可以给旅馆职员打电话。"他说话带着东欧人的口音。

"不好意思，是我打扰您了。"我往后退了。

"没关系，你别太担忧了。好像不像真的。"他的脸上写着镇静两个字。

我回头看见克莉斯汀还站在那里，没有往下走，便说："你先下去吧，别等我了。万一是真的就不好了！"

她看着我，显得很不理解的样子，然后说："那我先下去了。即使不是真的，我要下去问了旅店的工作人员才放心。"

"好的。"我相信自己的判断。我回到房间，开始往前台打电话，电话一直都占线。我干脆挂了电话。心想，如果是真的有火警，他们会不做重复广播吗？我干脆把衣服换上了，在床边坐着，顺手翻弄着自己带来的一本短篇小说集，似乎在和克莉斯汀赌气。约十分钟后，喇叭里传来警报解除的消息，我才觉得自己赢了。后来她回来了，带着一脸的不经意。我笑了，问她到底有无火警。她说在安检人员停车场探查到了浓重的烟味，现在已经处理了，详情她也不甚明了。

我们各自洗漱了一下，决定一起下去用早餐。这时，

翻 飞

她显得有点窘迫,她看着我说:"你觉得我刚才很荒唐是不是? 但这关系到生命,你应该明白的!"我不想争论,我说:"我是一个很认命的人,该发生的就会发生,不该的就不会。生活中有很多随机的因素我们无法把握。"

"我不理解你在说什么! 这种想法有点蠢。"她坦率地说。

"我们对很多事情的看法都不一样,但对于导师和学生,我们只需要保持在学术问题上的共同性,其他的并不重要,你说是吗?"

她点了下头说:"这也是看问题的一种角度吧!"

"你总结得很好。这里的法国面包很好吃,我再去拿一点。"我离开了桌子。以后,我在和她相处的时候,内心便不再有太大的压力。很多年后想起此事,似乎觉得她当时的反应并无不当之处。也许是我的性格有某种缺陷?

三年后的5月,我参加了她的毕业典礼。她的母亲来了。我们一起去明珠港吃海鲜。我想起克莉丝汀描述过的,母亲为了躲避前老公的殴打,赤着上身,冒着严寒走出房门。被克莉斯汀描述过的那个形象在我眼前出现。也许,克莉斯汀比别人更需要安全感,所以容易与人争斗?

她母亲说话的口气很平静，她说自己在心底非常为女儿骄傲。她说自己的女儿性格特殊，不喜欢住在美国，准备试试去英国谋生。我记得克莉丝汀以前跟我提过想去英国做博士后的事，便笑着点了点头。我对英国并不了解，但知道在那里，人跟人的距离似乎远一些。那里的科研岗位比美国的多了一份安全感。

四年过去了。毕业后的克莉丝汀已经换了三个工作。每次，她给出的想换工作的理由颇为相似：现任上司的能力远远不及她，但对她心存妒忌。她要在他解雇她之前离开，她需要赚更多的钱。我曾经建议她回美国找工作试试。她说："我不能回美国，美国人其实更虚伪，他们的热情是肤浅的。而英国人、爱尔兰人略好些。"

去年有一段时间，我们几乎失去了联系。我想过要给她打电话，但觉得她已经四十岁出头，应该学会管理自己的情绪了。今年 3 月，她突然打电话给我，要我给她写推荐信，帮助她申请爱尔兰的一个著名医学院的讲师职位。我大致问了一下职位的要求，并向她要了一份履历。看了履历之后，我决定帮她写一份比较强的推荐信。克莉丝汀已经进入做科研的成熟阶段，在她要我填写的推荐表格里，有一项是关于申请者和共事者的相处能力。我打了八分（满分为十分）。信从邮件箱发出去后，我低

翻 飞

下头,默默地祈求神保佑她。

　　她也许是有某种缺陷的,但却是值得尊敬的。她有一种不易被察觉的虔诚。她是一个有天赋的科学家,一个不愿被束缚的女子。翻飞似乎是她生命的常态。她有时候飞得低,姿态如草里的虫子,有时又能飞得极高,似乎要一股脑儿钻到云层里,即使毁灭也在所不惜。她的生命在不同的空间里流动着,展示着顽强和绚丽。

瞳冥

一

　　大约在瞳冥八岁的时候,父亲李涛在美国拿了博士学位,把瞳冥和母亲朱慧接到美国。父亲说瞳冥的手十分巧,适合做生物实验。上高中后,瞳冥便到父亲的实验室做义工。她帮助父亲养老鼠,虔诚地把被敲坏的基因种植到老鼠的身体里去。父亲认为女儿有做顶级遗传学家的天赋。

　　瞳冥坐起来,背靠着一个形如绿色大象的枕头,打开电视机,看一部美国老电影《纯真年代》。当她看到戴·刘易斯演的纽兰律师对自己不爱的妻子摆出假模假样的礼数,她的心情被击了一下。纽兰曾想放弃善良的妻子,而去追求他年轻时候爱过的恋人艾伦,但他的梦想最终失败了。多年后,贤惠的妻子去世了。他转过身去再追艾伦,但意识到一切都已太晚。瞳冥想:纽兰算得上是个理想主义者吧?

瞳冥问自己:你怎样才能确信一个男人是真正爱你的?又怎样知道自己真正地爱他?除了肖云,她没有喜欢过别的男子。肖云是十七岁才到美国的,在瞳冥父亲当教授的大学里读书。那时瞳冥刚上高中。母亲朱慧注意到,瞳冥不能专心念书,而是花很多的时间看小说。一个学期后,瞳冥便从数学优等班里被踢出来了。

肖云到美国半年后,很快成为各科老师宠爱的学生。暑期,母亲便把老同事的儿子肖云请到家里给瞳冥补习。肖云把自己熟悉的套路传授给了瞳冥。

肖云常穿白衬衣,他的眼睛里有一种淡然。有一天,瞳冥也穿了一件白衬衣,在学校的操场聊天的时候,他们的衣服的袖口相撞了,瞳冥的心似乎跳了出来。晚上睡觉的时候,她反复听见一个男生用英文说"白"这个字。后来,他们开始了约会。而现在,肖云不在她的身边了,她感到了寂寞。

在哥伦比亚大学,第一个月的功课就让瞳冥感到了压力。这年系里一共收了十个博士生,除了她,其他九个

徙

都是从名牌大学毕业的。她知道自己上的大学不够好，是因为平均分数高，并在父亲的实验室做了义工，发表过文章才被哥伦比亚大学接受的。她感到自卑。她知道自己不够聪明，一路走来靠的是神对她的一点怜悯罢了。

周末令她感到寂寞。其他的几个女生都是美国白人。其中一个叫凯西，笑起来颇有领袖样。凯西已经带着几个同一届的男男女女到纽约下城的东村去玩。瞳冥被邀请过一次。他们到一个爱尔兰酒吧喝酒。瞳冥说自己不会，凯西就说：那你就喝个处女草莓汁吧？瞳冥脸色绯红，不知如何应对。坐在她身边的一个男生说："那种饮料不含酒精"。瞳冥朝他笑了一下。她记得他要了一杯健力士，父亲也爱喝的那种爱尔兰黑啤。她记得他的名字叫莱恩。

酒精对她是个恐怖的东西。她没有用过毒品，但酒精让她情绪兴奋，甚至有灵魂出窍的感觉，和她读到过的毒品效应相似。她注意到那个男生也甚少开口。后来，他说自己下面还有个约会，提前走了。

之后，凯西组织聚会时都把瞳冥撇开。

10月中，她想独自去中央公园走走。那里也许有她喜欢的那种气氛。这么想着，到第三个周末便有了行动。她换上一身新的蓝黑色牛仔装，配上棕色的平底棉靴，髁关节上有棕色的毛护着。她独自走进下城的地铁一号车站。在地铁口,她看到一个中高个子男人的背影,他的左肩比右肩略高一点。她认出他就是那天提前离开酒吧的莱恩。她叫了一声他的名字。那人回过头来,对她说了一声"你好",而后问她去哪里?她说去中央公园。莱恩问她是不是去那里参加什么活动。她说:"不是参加活动,只是想去那里散步罢了。"

"我能和你一起去吗?"瞳冥的心里一阵激动,"当然可以。以前从来没有去过。今天是个好天。"

"可不是吗?好得有点让人不敢相信。"

他们上了一号地铁,比肩而坐。莱恩突然问起瞳冥是否喜欢纽约。瞳冥说她不知道真正的纽约是什么样子。"我会慢慢探索!"她不希望被莱恩看作是个无知的亚裔女生。

他们在59街下车。一出地铁口,便看见熙熙攘攘的人群。他们走路的样子似乎要比曼哈顿上城的人还要快一拍。大约走了五分钟的路程,莱恩说公园门口快到了。瞳冥的心跳有点快,她对游览中央公园有一种使命感。

莱恩带着她进了59街的入口。瞳冥刚进去,一个身材健壮的非裔青年便迎了上来。"小姐,你想租我们的车游公园吗?能看很多的景,会省很多脚力。"

瞳冥尴尬地笑着摇头。那个青年走近一步问："你确定不要吗？"她重重地说了一个"不"。

莱恩走到她身边，笑着说："你今天变得很厉害！"

"厉害什么？"她蹙起眉毛问。周边白晃晃的光让她眯起眼睛。

"就这么把他打发了。他以为你是个很好骗的少女。"

她没有回应。

莱恩说："我还以为你是高中生呢。你那高耸的颧骨充满稚气，面孔圆得好看，乳房长得很丰满。"

她低下头，不知道该说什么。当他们面对几个不同的走向，两人在路口犹豫了一阵。瞳冥没有和他商量便选了一条小路。那条小路看着不算令人讨厌。走到尽头，小路又跟一条岔道相接，岔道口有一个脑后扎着辫子的中年人在拉琴。她听不出中年人在拉什么调子，但觉得他脑后的辫子很细，跟他胖胖的脑袋不太相称。她犹豫了一下，最后在他面前的小盒子里放了一美元。

莱恩慢吞吞地跟了上来。他们走过一排长椅子的边上。一个老人坐着晒太阳。他眯着眼，弓着腰，脚趾用力地顶着地面。他的小腿微微抖动。

"你想坐下吗？"他问。

"不。我想去看那些艺术雕像。"

"哪个呀？这里的雕像有好几十个。"

"哪个都行。哥伦比亚的校园很闷,连那个坐着的思考者都像在装腔作势。"瞳冥说。

"校园总是闷的。因为里面的人太想装出有知识的样子。我已经休学了!"他说。

"你休学了？为什么?"她鼓起勇气问。

"说穿了,学术圈很虚伪。如果你装出很懂的样子,人们就以为你知道你在说什么。我就逃出来透气。"他说。

"就那么简单?"

"是!"他的鼻子冒出一点气来,"你还需要更多的理由吗?"

"那你,永远不回学校了吗?"她看着地上问。

"至少现在不想。我每天在学校监测屏幕,偶尔帮着抓几个校园小偷也不算乏味。一小时赚十二美元。一边在网上看书,偶尔会看见校园里女人的裸腿,那可是很不错的腿!"他干笑了几声。

"罗密欧和朱丽叶!"她站在一座雕像前,认真地观察他们接吻的姿势。

"这两位还站在这里装模作样!"他的声调里充满

徙

讥讽。

"你为什么嘲笑美好的东西?"她问。

"那个传说骗了很多代的人,也养活了几代艺术家。"他的话打击了她的热情。"我们回去吧。"

"好! 不过,你想不想去餐馆吃点食物呢?"他问。

他们走进一家三明治店,各点了一份餐,并要了咖啡。他去自助台拿了纸巾。

他们坐下,吃着。他的眼睛落在她无名指上的戒指。

"你订婚了? 在东村酒店里,我没看见你戴戒指啊?"

"母亲说,纽约比较危险,建议我不要在晚上戴戒指。"

"戒指很漂亮,你的手,真的很美!"他说,"你修课有困难吗?"他突然换了个话题。

"还行吧! 只是希望不要碰到一个让我杀老鼠的导师。"

"我也杀过很多的老鼠。"

"老鼠死的时候会抽搐,它们的眼睛像在说,我要把能量全部释放了才死。很悲哀。"她说,"以前父亲让我拿老鼠做游泳实验,让老鼠游完一段时间后,记录它们的识程成绩,而后对它们进行奖惩。我真的不为自己的过去而骄傲!"她的眼角渗出泪水。

他把纸巾递了过去。"我几乎不记得有其他人这么表达过。"

他们上了地铁，并列坐在一起。在地铁口分手后，瞳冥有点想念他眼睛里的那种质疑的神情。

二

冬至那天，莱恩说要带瞳冥去东村走走，看看一个老人开的草药店铺。瞳冥一直对草药充满好奇。下午3点半，她没做完带回家的考试卷子，便下楼找到等着她的莱恩。他穿着一身黑色的夹克，手里拿了一把绿色的伞。

"今天要下雨吗？"

"天气预报说也许会。这把伞够两个人用的。"他说。

草药老人的店开在第6大道上。店的窗户装着十六块嵌在铅条框子里的青蓝色小玻璃，年久失修，有几块已显得模糊，似乎随时可以散开来，化为灰。店主是个七十岁出头的老人，肤色黑暗，脸上有一圈粗密灰白的络腮胡，眯着的眼睛里有一种野性的光。他的腋下夹着一本卡通书。当他们探门而入，他像是被惊了一下，手里的书滑到地上。瞳冥目不转睛地看着他，像在研究一张画。

"原来是你小子。"他捡起书，脸上带笑，英文里夹着中东口音,"你还记得我呀!"

"还在读你的生物学吗?"店主瞧着莱恩问。

"今年实在读不进去。大概是原来的病重了,想跟你要点药材。"莱恩说。

"那你就是还想读下去,哪怕听的都是些废话。你还是征服不了你的虚荣心。"他背对着他们,用勺子从不同的玻璃瓶子里取出不同份额的草药,放到一个小塑料瓶里。在他一味味称药的时候,瞳冥闻到方子里的花香。

"好香!"她脱口而出,"这药治什么症状的?"

"是我的秘方。助睡眠,理心气的。不过,我的药,西方学校训练出来的医生是看不上的。"他唠叨着,"我是闲着没事,借开店认识一下你们这些太聪明的年轻人。我知道,你们的学校到处是学问——反正我就不懂你们在说些什么。但我的儿子就是从那里训练出来的。那些学校,把那个毫无创意的儿子变成一个满脸正经的教授。他们还真是花费功夫把他修饰得高雅,最后出人头地。他出生在伊朗,却能在美国上一流杂志的封面,这就更抬高了他的身价。学校其实就是做生意的地方,不过那也无伤大雅。我不也在做着生意?跟他们没两样。不过我从来不替自己的烂药做广告,哈哈!"他狂笑几声,额头闪着一种棕色的光。

瞳 冥

莱恩吐吐舌头说："你颠来倒去老是那么几句。"

"倒也不是完全没有新鲜事儿。今天我又掉了一颗牙，还是颗智牙，最后一颗了。就这么自然，在我吃唐人街的牛肉炒河粉时从嘴里滚出来的。其实就是那点可恨的粉把牙齿粘下来的。一点不痛。老了就这点好。一切都顺其自然。"他连着咳嗽了几声，然后侧眼打量着瞳冥，"你恐怕有贫血。"

瞳冥说自己常觉得头晕，正想找个补血的方子。他便装了一小包草药给她："你是他的女朋友吗？你让我想起年轻时见过的一个女孩。这点藏红花可能帮到你！"

瞳冥面色绯红，想道谢，喉咙口像是被黏液堵住，没能说出话来。

"以后常来啊！老汉我心底荒凉得跟野草一样。你们不时来给我浇点水！"他道。

莱恩付了钱，带着瞳冥走出门去。她闻着藏红花的味道，心跳得很快。她独自走在前面。

"你怎么了？"看她的脸色绯红，莱恩追上来问她是不是病了。

"没有，大概是药效吧。"她的声音里有一种兴奋。

他吻了她的前额。"真烫，你的脸。"

她受了那一吻，身体便略微倾斜。莱恩扶住她的身体,再次吻她,直到她喊痛。"我们去我的公寓吧。"他说。她的大脑神经发麻,木木地跟在他的后面。

他的卧室极小,门的左边是一个棕色衣橱和一个一人多高的米黄色书架,右边是一张木板床,床头搁着一个圆形小黑桌。屋子的尽头是一扇临街的木窗,窗下是一个淡棕色的单人沙发,沙发的垫子已经被坐得陷了下去,中间的毛绒被磨得光秃秃的。房间的光线有点阴暗,但并不可怖。地上的两只波斯猫互相舔着对方的耳朵。

"你这里怎么有猫啊?"她闪了一下。

"没事的,它们会喜欢上你的!我去煮茶。你要不要你的藏红花?"他问。

"试试吧。我晚上要靠它发力。"她说。

他看了瞳冥一眼,问:"你想发什么力?"

她的脸红到绛紫。

"我也想尝尝你的茶。"他把目光射到她的胸部。她下意识地转过身去。

喝完了茶,他的心跳加快,开始抚摸着瞳冥的脖子,把她抱在腿上。"我们去卧室吧。"

他慢慢卸去她的蓝色秋衣和鞋子,把她像个布娃娃一样轻轻放到床上,摸了一下她的胸骨,帮她脱掉了内衣。

瞳　冥

"你的身体很烫,是不是真的病了?"他问。

"没病,但我知道我有点不对了。"她说完,觉得这句话简直是违背她天生的意志。

"那我们就一起不对吧!"他道。

他压到她的身上。他触摸她的动作比他的语言温柔得多。瞳冥觉得自己很快地陷下去了,像到迪士尼坐大转轮一般,不敢睁开眼睛看世界,任生命的意志东奔西颠。她挣扎一阵,猛然吼叫了一阵。他笑出声来。瞳冥睁开眼睛,从莱恩的笑里看到了一朵紫色的花。

她身体里的细胞好像能从他的身体里突然识别到什么,她的知觉被那些精明透顶的细胞掌控。她把双腿分开,身体持续地弹跳。两只猫冷不防地跳上床,眉目间透出鲜明的醋意。瞳冥看着猫的眼睛,突然大声叫:"天哪,明天要把考试答案交上去.我还没做完题目呢。"

"你去把考题拿过来,我大概还记得怎么做。"他说,"我们还没吃饭。我去叫外卖,你要什么?"

"麻婆豆腐!"她说。

他把拇指压住她的虎口,其余四指按住她的手背,问:"你为什么喜欢吃豆腐? 是因为豆腐跟脑子长得像吗?"瞳冥想了一下,觉得大脑的横切面还真有点像片状的豆腐。

瞳冥将题目拿到莱恩屋里，一面吃着豆腐，一面对他诉说着果蝇实验设计的难处。她还没去果蝇实验室实习过，所以灵感全无。莱恩从书架上找到一本关于生物实验设计的书，让她自己去琢磨。他说：读研究生的人应该有个不同寻常的脑袋！而他的脑袋里没装着干这种事的细胞。莱恩说如果当初压根没来过哥大就好了，甚至觉得自己压根没到世上来更好。她说他这么说让她伤心。莱恩告诉他自己不过是在发泄罢了。他还说，果蝇那点东西容易琢磨，不过是把基因搬进果蝇的身体里，然后观察它们是否发情和是否打架。瞳冥找不出反驳他的理由，只好老实地看书。

　　莱恩走进厨房，用药铺老人卖给他的草药调制成一杯茶，喝完后便很快在床上睡着了。在那段时间，瞳冥想出了答案，她的脸上浮出微笑。瞳冥看着莱恩的面孔，把一朵藏红花放在他的枕旁，忽然看见花里射出的一道紫光，她失明了一阵。当她能看见东西时，那朵花却不见了。

三

　　感恩节前，瞳冥开始觉得神志不清。她有一种恐惧感。聪明如莱恩,遇到药店里的老人后,便休了学,变得精神涣散。莱恩是不是也会把那种感觉传给她?她有点想念肖云了。和肖云在一起的时候,她的心情是平稳的,他是她的港湾。这是为什么她认定他是她的未婚夫。认识莱恩后,肖云给她的那种宁静感却渐渐没了踪影。

笼罩在从隙缝射进来的阳光里,她决定回家过感恩节。她给肖云发了短信,向他问好。肖云在回信里描述起他对基因学说的最新结论:基因通道的作用可能包含一种密码性质的定则,一经对这种定则掌握,加上在实际数据上的应用,就能使他如愿地把他的数学构建模型发表在优秀的杂志上。他决心推迟自己的毕业时间,把他自创的方法改进到完美的程度。等毕业后,他想成立自己的健康预报中心。瞳冥觉得他的想法有点不切实际。在普通人群里,有几个真的想知道自己五十岁的时候会发生什么?

她和肖云之间的关系犹如一堆乱发,需要用一把梳子理一理。肖云的优秀别人比不上。但是,一个优秀的男子为什么必须是她的丈夫?他们之间的肉体接触有限。他亲吻过她,在她的乳房上留下过齿痕。她那时就默认自己属于他了。当母亲对她一说肖云的好处和对她的好感,她便同意订婚。肖云是上帝这个好老人送来的。

他们常在他家里的地板上做爱。肖云总喜欢把窗帘拉下。做爱完了，便会背对着她，静静地坐着。他有时突然问她：做爱这种事，是伤害脑细胞生长的，还是促进脑细胞生长的呢？她为他的问题笑到猛烈地咳嗽。他到耶鲁大学后，继续在网上辅导她的数学。她知道，和他在一起，世界很安全。

回到爱荷华的家，她连着几天手洗自己的内衣。她的心渐渐平静下来，爱荷华的地还是那么平。感恩节的那点内容和往年无异。

母亲依旧宴请那几个好友来家里聚餐。火鸡是父亲李涛烤的。今年他们买了一个小火鸡，母亲说那是只"有机"火鸡。除了火鸡和煮南瓜之外，她还下厨做了几道大菜：水煮牛肉，丝瓜扇贝，油爆虾和炒年糕。客人们依然是父亲学校里的几个上海籍的教授。母亲的两个同事也来了，一个是博士后，还有一个是母亲的秘书。

客人们对主人家说着老套的恭维话：男主人何等成功，女主人何等能干。瞳冥的身材好劲爆，她的胸部居然跟美国女性一样劲爆。瞳冥和肖云什么时候结婚，自然也是被提起的话题。朱慧笑着，说至少等瞳冥毕业以后。

吃完饭，朱慧给大家上了甜品，是瞳冥做的木瓜酸奶色拉。当大家拿起勺子享用水果，朱慧让瞳冥给大家弹

瞳冥

了一段莫扎特的《土耳其进行曲》。来客听罢,热烈地鼓掌。瞳冥用双手撩起裙子,腼腆地说自己有点累,要上楼休息。

上了楼,她在自己安静的房间大享读书之乐。她读的是《德伯家的苔丝》。苔丝的命运竟让她流泪。她的眼前出现了莱恩的影子。她仿佛感到他的手在抚摸她的身体。她感应着那种意象的触摸,肩膀抽搐着。她想彻底赶走他。她再次翻开书,放在膝盖上,拇指按着右边的太阳穴,开始从头读。可她的努力无济于事,好像有一只蛮不讲理的手抓住了她的心,全然不顾地藐视她的理性,对她心存的道德感置若罔闻。她不知道那只手将把她引向怎样的归宿。

等客人们走了,父母在厨房里谈论哪个朋友正在当"海归"。李涛说,肖云的父母人脉关系广,老肖回去当院长是再好不过的选择。自己回去不合适,天生是个不入流的人。他觉得把瞳冥培养成人更要紧。母亲口气含蓄地说:"你也不要把自己看死,眼看着你这个领域快不行了。我看你应该接受老肖的建议,回去兼个半职教授试试。再等下去,国内都嫌你年纪太大了。我在这儿守着,你不用担心瞳冥的。"

李涛说自己还需要考虑一阵。朱慧说:"你啊,做什么都是举棋不定。"等他们洗完澡,穿着棉拖鞋进了主卧室,瞳冥套上自己的棕色薄大衣,轻手轻脚出了门,从小路往下走,穿过空旷的麦田。那块田地的另一边是块小高地,上面有肖云家那栋孤零零的房子。他的父母已回到成都做学问,还开了一个制药厂。

天被夜擦得很黑,她能用脚感觉那条路径。以前她和肖云常常在这里走,贴着身体,挽着胳膊。他们常看见路边的几棵杉树。瞳冥给那些杉树起过名字,比如"红棉""绿素""青枣""桔梗"。她曾把不同颜色的绒线绑在那几棵树上,企图用线记载树的名字。如今那些绒线都不见了踪影。线是牵不住树的,因为树会不停地生长。

"咱们算不算情人呀?"有一次肖云用英语问她。"你说呢?"她把头靠在他肩上,轻咬他的手指,算是回答。他们俩对看着,直喘气。肖云突然搂住她的腰,吻了她。当他们往回家的路走的时候,两个人同时停下来,他又吻了她。到了分手的小路,她回吻了他。他用手搂住她的腰部说:"这会儿就是有人看见也没事了。"他一直把她送到她的家门口。朱慧从二楼的窗口看见他们的举动,心里好不羡慕。

回家后,母亲问起她那些触及隐私的东西,瞳冥答道:"妈,那些可是很私人化的事,别问。"

瞳 冥

"肖云是个打着灯笼都难找的男生。除了个头矮一点,其他都比你强!男人就是要比老婆强才配。"母亲这样说,瞳冥仍然不肯开口。

"我看你已经叫他喜欢上你了。"朱慧说,"这孩子人特别实在,要是你适时地把握节奏,他将来就是你的老公了。"瞳冥不再理会母亲,上楼进入了自己的房间。

那几个吻就好像是他们的定情物。后来,他们一起去散步,打壁球,打电脑游戏。瞳冥习惯了靠着他走路。再后来肖云考上了耶鲁大学,他就对他的父母说了要跟瞳冥家提亲。有人提亲是让女孩子喜悦的事情。朱慧问她的感觉,瞳冥回答:"他蛮好的。"朱慧就给她的老同学、肖云的母亲打了电话。这件亲事就算定了。

一阵风吹过来,寒气侵入瞳冥的骨髓,像是要把她的骨髓撕裂。她开始往回走了。她现在觉得和肖云在一起和跟莱恩在一起的感觉完全不一样。肖云常常想搂她腰,拨弄她的手指,偶尔他会坚持替她把眉毛画粗。他说:"粗眉让你的脸看起来更秀气!"

跟莱恩一起走路,他们很少触及彼此的身体,在外人眼里不像情人。莱恩喜欢在幽暗的屋子里突然袭击她的胸部,偶尔让她感到很痛。莱恩的张力,在他的小屋里才会爆发。有的时候,莱恩会对着挂在窗棂上的镜子刮脸,她在旁边看着，即使看见他的脸上淌血，也不过去替他擦。莱恩有时显得粗野，他流出的血令她得到心理上的某种补偿。

瞳冥到了纽约后，她开始爱在户外散步。回家前，她走过120街上的教堂，里面众钟和鸣，过了几分钟又成了一钟独鸣，节奏渐快，戛然而止。她忍不住忏悔起自己背叛肖云的罪。她问上帝：她俨然是信主的人，为什么让自己的手臂同时被两个男人绑架？她觉得自己属于肖云，但是，莱恩的狂野不羁已在她的肉体上留下印记。他侵入的时候如蛇一般灵巧，用辐射般的刺激照亮她脑子里的黑洞。她体内的激情只有他才能激发。她猜，大概是他们体内有着一套类似的基因网络，那些网络在交会的时候彼此沟通，互动后的网络把它们的感受传递到他们的大脑，让他们感受高潮。真的是这样吗？她渐渐明白，在遇到莱恩之前，她的灵魂披着一件娇羞的外衣。只在他的面前，她的灵魂才会赤裸裸地跳出。

天亮时分，她的身体发颤，便走进浴池里洗了个热水澡。五分钟后，身体停止了抖动。她用一条厚实的毛巾把自己围了起来，出了浴室。她头发上的水珠，好像珍珠一样发亮。天越来越亮，阳光越来越强烈而普遍，她身上的露珠被渐渐晒干。她拿出手机，给肖云发了微信：今天是感恩节,我在爱荷华,非常希望你在我身边。我爱你!她等待了五分钟,没有得到他的回信。晚上睡觉前,她再次打开手机,依然没有他的信。她的面前浮现出莱恩的后脑勺上那浓密的头发。"你想我了,对吗?"他的声音重复了几遍,轻柔而清晰。她睁着眼在床上躺了一夜。

"妈,我想今天中午就走。"第二天清晨,吃早饭的时候,她对朱慧说。

"我在网上改了票。开卷考题还没有做完。我想去图书馆查更多的资料。"

"好吧!"朱慧抱了她一下,"不要太累了。你瘦了,下巴变尖了。要不只念个硕士算了,快点跟肖云结婚吧。"

她轻轻地把母亲的手推开,说:"妈,我没说念不下去。我不一定要嫁给一个出色的男生。"

"你这话是什么意思?你们之间是不是出问题了?"朱慧额前的细纹变得明显。

瞳冥叹口气,说:"没事的,我只是要再想想。"

朱慧猛然抱住她,说:"答应我,千万不能错过肖云!"

她挣脱了母亲的手臂,转身收拾行李去了。在飞机将要关机舱门时,她看见了肖云的回信。他手书的那个"爱"字十分潦草。失望之余,她觉得那是自己该得的。无论她的心如何抵赖,她依然听见周围有人低声叫她"双面人"。

第二天早上,她一觉醒来,看世界的眼光似乎跟昨天一样。她想,如果有一天肖云认清了她的内心,她在他的眼里会是多么可怕?她想起《圣经·马可福音》上的一段:"耶稣又对他们说:'人拿灯来,难道是要放在斗底下,床底下,而不放在灯台上吗?因为掩藏的事没有不显出来的,隐瞒的事也没有不露出来的。有耳可听的,就应当听!'"她合手跪着祈祷:神,请暂时不要告诉我你知道这个秘密。

四

有一道题瞳冥实在想不出来。她跑去生物图书馆找老资料,她喜欢看老旧的生物书。她翻着书,心神不定。她把左手指上的订婚戒拿下,然后又戴上。

纽约属于莱恩,就像爱荷华的玉米地属于肖云。瞳冥坐在凳子上,老觉得那堆书嬉皮笑脸地对她看着。她突然明白莱恩为什么会离开学校。长期沉浸在学术里,既摆脱不了平庸,也不可能获得不凡的思想。教授们只是要她跟着他们的思路走罢了,而莱恩看的书是很不一样的,比如黑格尔的,还有康德的。她决定把借到的那几本书带回寝室去读。她倒在床上,反复阅读一个果蝇实验的步骤,书上明显地留下了她的指甲印子。最后,她终于搞懂了书里的信息和她的考试题的关系,便把她的理解储存到电脑里。她想,原来她并没有笨到不可救药,她应该奖赏自己一下。于是她跑到洗手间,把自己的长发盘起来,然后用两根从韩国店买来的筷子把发型固定住,扎上一个发结,想去楼下散步。她出了洗手间,打开房门,看见莱恩站在她的房门前。她看着他,有一种窒息感。

"你居然还活着?我差点去报警!"他大声地问。

"我们,到你那里去?"顷刻间,瞳冥向他投降了。

在他的卧室里,他故意地把地上的书踢来踢去,突然一把抓住她的胳臂,想把她拉到一边去,没想到顺带着碰松了她的发髻,她的头发散了下来。

"放开我!"瞳冥说。

"为什么?今天是你主动要到我这里来的。那是一种暗示。"

她迟疑了一下,说:"你放开我!"

"你要答应继续做我的实验伙伴才行。你不知道的是,我白天在一个私人实验室打工,专门研究不同性别的老鼠之间的互动。"

她的脸上露出惊讶:"原来你一开始就拿我做实验?那就说明,这些天来,我的猜测是对的。不过,我也不是无辜的,我的人格已经分裂了。我的心里装着两个人,一个在耶鲁大学,另一个正站在我面前。我几乎无法取舍。"

莱恩没有回答她的问题。她不再言语,只是流着泪在他的面前走来走去。突然,瞳冥倒在他的床上。莱恩扑了上来,细长的手指把她的乳头当螺丝那样地拽紧。她感到痛,却忍着不出声。

"你去见了你的未婚夫,在哪里啊?"他问。

"不想告诉你在哪里。他对我很好,我以后会跟他结婚。"她说。

"你不是一个普通人。我们大概都有精神分裂症,时好时坏。但我有感觉,那个耶鲁小子是个不了解你的男人。我们才是同类,你必须面对这个事实!"他的脸上流露出一种阴郁,这种神情只有爱想事的青年过早感受到人生的磨难时才会有。她被他深深地吸引。

"你想跟我结婚吗?"她突然把一头黑发泼向他的脸。

"我不喜欢有婚约。我就想跟你在一起,用我们的身体和脑,完成我们的精神实验。"

瞳冥似乎被他所控制,顺从地把头倚到他的肩膀上。

瞳 冥

莱恩并不急着碰她的身体。他用灵巧的手指把她的头发彻底打松,给她盘起一个辫子,搁在她的后脑勺上。

"你走的时候,我又去见了药铺的那个药师。老头看起来很疲倦。他给我搭脉、听胸、搓耳朵,又给我开了一种草药。"莱恩不紧不慢地说。

"那是什么药呢?"她稚气地问。

"我也不清楚。但吃了以后就镇静下来,不想你了。"他说。

"你坐在这里别动,我去煮茶。"他进了厨房。

瞳冥倚在他的墨绿色的被子上,闻着从厨房飘过来的药味。味道不算香,气息却耐人寻味。她的身子变得柔软,眼神迷惘而甜润,像一只半醒的羔羊。他把茶灌到她的嘴里,细细打量她今天穿的衣服。

她身穿一件带花边领子的深绛色毛衣,这衣服恰好裹住她那丰满的腰身。一种强烈的欲念写在莱恩的脸上,他再次把她压在身下,贪婪地看着她那求生不能、求死不得的表情。

半夜时分,她醒了过来。匆匆离开了他的公寓,欲去楼外透气。刚走到开阔的百老汇街口,她就阔步直趋一个天主教的大教堂。寒气渐甚,但并不凛冽,形状奇异的星斗突然出现在上空,闪烁不定。她想,她掉进了一个黑洞,她背叛了她的信仰,背叛了肖云。半夜时分,她一个人晃晃悠悠进了百老汇街头的一个酒吧,跟服务生要了一瓶德国黑啤。喝了几口,罪恶感居然都跑光了,头脑倒挺清醒的。她挺起胸膛,抖一下脖子,对那个男服务生轻佻地一笑,感觉到他有几分动人。她给他留下几美元小费,仓促离去。

她回到自己的卧室,呆望着一张带框的老相片,里面是自己十五岁时的面孔。就是在那年她遇到了肖云。她仿佛又触摸到他的白衬衣。也许自己并不是一个双面人,只是迷了心窍,或是被那个药铺的伊朗店主设计了。也许上帝这个好老人最终会原谅她。她躺到床上,把偷拍到的莱恩的图像拷贝在她的电脑屏幕上。

莱恩不是个平常人。他的脸,像是一个老工匠设计的作品,边角分明,曲线光滑。更重要的是,莱恩天生就是个反抗逻辑的,带点诗意的男人。

第二天,他们相约在180街附近的公园里见面。莱恩早到了,他四处张望。葱茏的林木挡住了他的视线,把瞳冥掩蔽起来。她的缺失简直是令他发狂的精神折磨。他想,不论他自己落到什么样的悲惨结局,他都能接受。而失去瞳冥,比失去生命可怕。

大约五分钟后,瞳冥出现了。她的额上乌发堆云,散发着草莓的香味。她穿着带一件梅花边领子的深绛色连衣裙,这裙子设计得朴实无华,让她显得风姿绰约。

他把手放到她的肩膀上,她的嘴唇便颤动起来。"我知道我那天把什么都跟你说了,你伤了我,我伤了你。但我们依然是一对合作良好的实验动物。"

这话触到他的痛处,他麻利地说,"那我今天就把话说得更清楚点,你订不订婚对我都一样。但我有权利看见你,什么时候想看,就会来!"他的眼睛里显示出一种特殊的力量。瞳冥知道,他是不会放过她的! 也许那是上天的意思。

他们在草地上滚成一个旋涡。碎叶像被弹出来的泡沫在他们的头上飞。她的笑声和哭泣让他相信生和死没有界限。

她跟着他回到他的公寓。他把她放到一张棕色的凳子上,用几条洗白了的领带绑住她的双臂,用纱布塞住她的嘴巴。瞳冥的眼睛瞪了出来,却丝毫没有反抗的意思。他走进厨房一会儿,手捧一枝点燃的蜡烛进来,把火苗在瞳冥的手腕上烤。瞳冥发出阵阵呻吟。

"你喜欢痛吗? 我们在火边做爱,我要你无法忘记我。"当他进入她的身体,她惨烈地叫,像一座被攻陷的城池,突然放弃了抵抗。当高潮退去,他给她松绑,她倒在地上。

半夜里,瞳冥醒来,仓皇地离开了他的住所。她觉得,她要逃开他。约一周后,瞳冥开始频繁地呕吐,最后去超市买了试剂盒验尿,发现自己怀孕了。

她不停地在胸前画十字。她知道耶稣一直都看着她,一直都原谅她。她把一张耶稣像贴在朝东的墙上,凝视着他脸上的怜悯。她唯有听从他的旨意,才能在世上生存下去。她需要活下去,为父母,为肖云,也许也为未来的孩子?

她给母亲打了电话。两天后,朱慧只身飞到曼哈顿,果断地带她去纽约下城的妇产科医院做了无痛性人流手术。"孩子,一切都会好起来的。我们马上回家去。"

瞳冥回家后,像布娃娃一样躺在床上,她拒绝吃饭。当朱慧把蛋饼塞到她的嘴里,她才勉强咽下几口。朱慧问她疼不疼,她摇头,只盯着母亲的腹部看。她在母亲的身体上看见了一个婴儿,婴儿的手脚动弹一阵,脸上喷出血来。她闭上眼睛,把刚吃下去的蛋饼全喷了出来。她的身体强烈地抽搐着,直到筋疲力尽。朱慧在她身边守了一夜。

过了几天,李涛蹲在她的床前,对她说:"一切都是我的错。我的青年时代经历了动乱年代,过得压抑,没有实现自己的梦想。和很多凡人一样,我希望在你的身上,实现自己的梦想。你应该当个艺术家,或者就待在家里。我不再逼你读博士了。你把身体养好了,和肖云结婚吧!我们已经跟肖家谈过了,他们不在乎你有没有博士学位。肖云爱你,你显然是被人暗算了。把你在纽约的日子当作一个梦吧,一切都会过去。"

瞳冥看着他,面无表情。第二天早上,朱慧把早餐端到她的房间里,看见瞳冥在咬半块肥皂,像小时候嚼大白兔奶糖一般。朱慧把肥皂一拳打到地上,给在实验室的李涛打了电话。李涛沉默了一阵,说:"你镇静一点。我马上跟金春焕医生联系,只有他会有办法救瞳冥。"

金春焕是华盛顿地区的著名心理医生,以前在爱荷华大学读过本科,李涛教过他生物课。金是班里的优秀生,后来他去纽约上医学院时,得到李涛的大力推荐。李涛每年都收到他的圣诞卡。有一年,他到爱荷华出差,到李家做客,看见十四五岁的瞳冥,大赞其气质。他说瞳冥应该去当电影演员。李涛听了不以为然。当金听到李涛在电话里的描述,显得很担忧。他说,根据李涛的描述,他不能判断瞳冥患的是精神分裂症还是忧郁症。他答应周末飞过来会见瞳冥。

金跟瞳冥谈了两个小时,最后说:"孩子,你的异常行为除了和你体内目前的激素紊乱有关,可能还有其他的因素。你愿意跟我到华盛顿去治疗吗?我以前接触过处于你这种情况的孩子。你的部分行为,可能是在幻觉中发生的。而你接触的那个男生像是有精神分裂症。"瞳冥长发披散,面色如蜡。她朝金点了点头。

五

莱恩坐小火车到了纽黑文。然后打出租车到了耶鲁大学的门口。他向门卫打听一个叫瞳冥的女孩子。门卫听不清他的中文发音,想把他驱走。情急之下,莱恩给出瞳冥原先的手机号,并出示了一张瞳冥的画像,他语无伦次地说,他认识的一个中国女孩失踪了,他有责任告诉她的男朋友,但自己至今不知道他的名字。

门卫用怀疑的神态看着他,猜测他是个患自闭症的病人,似乎有致危倾向。前不久,康州的一个自闭患者突然枪杀了几十个无辜的小孩,最后饮弹自尽。门卫很快给他的上司打了电话,上司说单凭一张人物画像不足以立案调查,让门卫赶紧把他打发走。门卫和气地对莱恩说:"孩子,你还是趁早走吧。你从这里找不到什么线索。说句实话,这个城市可不是个安全地带。"他对莱恩故意做出一个请的姿势。

　　莱恩坐上了回纽约的火车,感到口干,喉痛被痰塞住,却是欲吐不能。他走到有简易餐厅的那个车厢,脑袋突然剧烈疼痛起来,猛然倒在地上。

　　当他睁开眼睛,眼前有个金发碧眼的中年女人看着他。"你能听见我说话吗?"

　　"能!"

　　"你能看清我吗?"

　　"能!"他看见她的眼睛周围若隐若现的、四十岁以上的女人才有的皱纹。

　　"我是医生,我送你下车吧!"他下了火车,答应医生去医院检查。她给他留下地址和电话。他目送着她离开,耸了耸肩。

　　他被抛弃了,他承认。但他觉得自己能够找到她。

　　失去瞳冥之后,莱恩每天去纽约东村访问那个卖药老人。他求老人给他配一种特效药,让他忘记那个狠心的东方女孩。

　　老人笑笑,说:"只要你们之间的感应还在,你一定会再见到她的!"

　　"感应?你居然知道我和她之间有生物上的感应?"

　　"当然了! 我照手头一本最有探索价值的草药秘籍

徙

给你们配的药,你的一味里含高激素,她的一味里含有受体。当你们亲密接触后,你们之间便有了感应。你懂了没有,我的孩子?"

"原来是这样的? 我和她之间的感应不是自然发生的?"

"你跟我年轻时一样自命不凡。"卖药老人摸了把胡子道,"我当时并无坏心。看到你们春心萌动,两情相悦,便想成全了你们!"

莱恩一把揪住他的胸口,眼睛露出绿光:"你这个老东西,就这么算计你的忠实客人吗? 我们可是在做一个科学实验,我要证明人体间的基因互相感应。你坏了我的大事。"

老人的目光很镇静。"你是要拿那个老实的姑娘做你的实验样本?"

"不是,不是那样的。我们在一起,是很自然的事情。我们彼此心灵相通。"

老人大笑不止:"心灵相通? 你确信吗? 那你竟然不知道她为什么把你一个人留在纽约? 也许是你过于自信,长期沉溺于幻觉?"

莱恩的心理防线被击溃了,放开了买药老人,说:"她是害怕才逃走的。以为我会伤害到她,就像她杀老鼠那样。其实我不会，我只是要跟她在一起。"

"你真这么简单？此刻你没有被耍弄的感觉？你的自尊被打击了，因为你觉得，如果你们会分手，也应该是你甩掉她，而事实正好相反。"

老药师的声音带有几分讽意。

莱恩的面色苍白，头发丛里冒汗。"是的，你把我看得很透。"他点点头。

"我给你开点镇静剂。今天晚上，你去东村的酒吧随便找个女人过瘾。你是个很有条件谈情说爱的年轻人，但不要以为你研究的那些科学效应可以控制一个女人。即使真的有那种感应，也会因为环境的变化而转淡的。"老人转身去他的小屋里调药了。

莱恩站在屋子的当中，瞅着布满蜘蛛的房梁，他觉得瞳冥躲在房梁上面窥视着他。他吹了一阵口哨，东张西望了一阵，终于明白自己的努力是徒劳的。

几分钟后，老人出来了，把一包药递给了他。"省着点吃，我知道你不是个富家子弟。尽量忘记她吧，以我的观察，她不是个能突破条条框框的人。把平静还给这个可怜的姑娘吧，她应该有安稳的生活。"

莱恩摇摇晃晃出了门，完全失去了方向。他没去东村的酒吧，回到自己的公寓里，搜寻有关瞳冥的蛛丝马

徙

迹。让他非常恼怒的是,他竟然不知道瞳冥的姓,更不知道她住在哪个城市。这个女子其实是狡猾的,居然连自己的姓都不曾透露。他突然有点恨她。

他要做什么才能找到她?找到她成为他人生最重要的目标。他突然想到要复学,要回到学生堆里去,要解除教授们对他的失望或诽谤。他的导师,一个五十岁出头的犹太人,名叫波尔。导师常在圣诞节给他写信,问他是否安好。在他的指导下,莱恩做过几个漂亮的实验。于是,在圣诞节到来的前一周,他给波尔发了邮件,语气中充满忏悔之意。他想,只要能接触到瞳冥以前的同学,就可能找到她的行踪。

复学的手续不算太烦。老系主任去年退了下去,人缘好的波尔便成为系里的代主任。波尔跟几个同事说,莱恩是个天赋很高的学生,是因为心理上出现了障碍才休学的。莱恩将是一个给系里带来荣誉的学生。波尔说自己会说服莱恩去接受心理咨询,并请心理医生向系里递交一份简单的报告。

莱恩和波尔会面后心情愉悦,马上和学校指定的一个心理医生交谈了几次。面对医生的盘问,他应对巧妙,显示出一种镇定。1月,学校开学了。莱恩脱掉了一身皮装,换上米色的加长毛线衣和带多个口袋的牛仔裤。

他对认识的和不认识的人都面带微笑，上课时默不作声，眼睛直直地盯着老师看。他听见周围的人们交头接耳，说他大概是镇静剂吃多了。他连看都不朝他们看一眼。一个多月后，他以自己需要重修生化课为理由，接近跟瞳冥差不多大的那些学生。有趣的是，生化课考到 C 以下的多为女生。

莱恩戴上了一副平光眼镜，以遮掩他内心的不安。他的生化底子很不错。那年他考了不及格，是因为他根本没力气参加大考。坐在那个宽大暖和的教室里，他认真听讲，被叫到发言时从容对答，显得睿智而谦和。一个金发碧眼的女学生在他的书本里夹了一张条子，她就是当年组织大家去纽约东村玩的凯西。她腿长，腰细，喜欢在短羊毛裙子下穿一双长筒皮靴子。他欣然接受了她的邀请。

六

周末的黄昏，哥大校园后面的街道静悄悄的，几乎没有人迹。他瞧见街对面晃过一个人影，随即看出来果然是凯西。他们从街两边同时向一个教堂门口的十字架标志靠拢。他们在街两边并排往前走，莱恩候着她那边的表示,一看到她有走过来的意思,就马上迎过去了。

凯西的嗓音非常动听,她是平日里被男生宠惯了的。莱恩的寡言和小心翼翼让她很不习惯。尽管如此,她还是控制不住地向他表示好感。莱恩终于没能抵挡住她的香艳接吻,他们在街头缠绵了一阵,一个路过的少女游客忍不住拍下他们接吻的镜头。

"你要上我那里去吗?"凯西问。

莱恩说:"今天我有点虚弱。"

她的眉毛夸张地往上一扬,说:"原来你是这样的男人。"

"如果你坚持的话,我跟你走。"他说。他们手挽手地到了她的公寓楼门口。莱恩惊讶地问:"这里的房租是很贵的呀!"

凯西笑了一下,说父母在补贴她的租金,自己也顺便在外面当半职模特。

"有点意思。"莱恩跟着她上了楼。

"怎么样? 我的三千美金一个月的宿舍?"开了房门,她不无得意地看着他。

"你真的让我无地自容。"他打量了整个房间,对墙上挂着的几幅现代画显得不以为然。但在钢琴上,他看见一个黑色的相框架。他走了过去,盯着相片里的六个女孩看,竟然看见了瞳冥。他的喉咙发热,脑门上像被梅花针刺了,感到跳动性的疼痛。

"这些人都是你的同学?"他克制着自己。

"是以前的新生照片。你认识里面的人?"她问。

"那个亚裔女生,我们有一次在东村一起喝酒。记得吗,她叫什么名字?"

"你的记性真好啊!"她笑了起来,说大家都发不出她的中文名字,为了方便都叫她丽莎·陈。

"很有意思,她长得很像我的一个朋友的妹妹。"

"她退学了。好像是受了什么精神刺激,回爱荷华当妈妈的小宝贝去了。"

"她受了什么刺激?"他的心狂跳不止。

"听说她母亲到纽约把她接了回去。哥伦比亚大学每年都会有学生退出。你很在乎她?"

"没有,今夜,我会让你高潮很久的。"

趁凯西不注意,他吞服了在杂货店买的能量补充剂,躺在她的床上,装出渴望她的身体,又不敢肆意妄为的样子。凯西那种柔性的进攻让他实在招架不住,导致他没法保持住自己的巅峰状态。她怜惜地摸着他的头发,说:"我们改天做吧。"

从凯西的公寓楼出来,他拼命地向自己的宿舍跑去,

徙

他的眼前出现一丝亮光。

爱荷华,原来她住在这么一个无趣的地方。他似乎看到瞳冥,在她的床前,面对她的未婚夫,轻轻摘下自己的婚戒。

在宿舍的电脑上,他查到七个丽莎·陈,其中有五个在加州,两个丽莎在爱荷华,一个是爱荷华大学的研究助理,另一个是发型设计沙龙的设计师。他终于在网上看到了瞳冥的照片。她的脸上挂着微笑,一只眼睛躲在显微镜后面,还有一只在对着他笑。他感到他已经离瞳冥不远。他想,到了那里,他可以在诊所的附近打一份工,这样,他便能再次见到她。

他在银行的存款已经不多。他只能去纽约的中央车站坐灰狗大巴到爱荷华。瞳冥从来没有对他谈起过她的未婚夫,也许是出于一种自卑。这种自卑也许和她的未婚夫的某种缺陷有关?他要拯救她。

在灰狗大巴上,他喝着一瓶有生姜味的啤酒,他想着瞳冥。瞳冥在漠视他的时候,是一座宫殿;瞳冥在亲近他的时候,像是东方电影里的一个小庭院。就这两种属性,已足以将他围困。

十几个小时后,他下了灰狗车,脸上顿时被一片雪花盖住。爱荷华多雪是他耳闻已久的。他看着手机上所显示的路线,朝着那个诊所的方向走去。他的靴子是防水的,感谢上帝。虽然他的脚趾已经被冻麻,但他一往直前。

在离诊所不远的地方,他看见一个小客栈,屋顶上的标价是四十五美元。于是他走了进去。店主长着一张典型的美国中部人面孔,两腮红红的,肚子往前腆出。

店主查看了他的证件,问他要住几夜。他说先住三个晚上,等找到工作再说。

店主耸耸肩膀说:"祝你好运,这里的工作不好找,除非你想去宰肉。"

他问:"宰肉?宰什么肉?"

"牛肉或猪肉。这里有个屠宰场,他们有时会招人。"店主的口气是友好的,"你看起来有点苍白。城里人吧?"

"你的建议也很不错。"

第二天,他睡到中午,眼睛被窗外的光照得睁不开。屋里的暖气很热,他觉得身体上干得奇痒,于是用手指头去挠痒,一挠就挠出一条血痕。

他突然打消了找工作的念头,开始给那个研究中心打电话。接电话的是个中部口音甚浓的女人。

他说自己来找一个亲戚,她的名字叫丽莎·陈,是研究助理。

"你找丽莎？她几个月前离开了，跟她的老公去了华盛顿，一个大城市。她的老公找了个好工作。但我没有她的联系方式。"

他负气地坐在沙发上，沙发下的垫背太薄，他的尾骨被轻轻撞击了一下。

他站了起来，打开电脑。在华盛顿地区搜寻丽莎·陈。他找到很多丽莎，却都不姓陈。

他关上了电脑。决定明天直接去找电话上的那个中部女人，她的发音有着中部人的特征，据说这是标准的美语。

那个把嘴唇涂得粉红的中部女人对远道而来的他颇有好感。他一进门就给他倒了杯白水。

"你是她的亲戚？不像啊！"

"她是被我的一个叔叔领养的。"他轻易骗过了她。

"喔，她的英文很好。而且，她的胸脯比一般的亚洲女人要大很多。"她对他抛了一个媚眼。

"我一直没注意到。我只想给他们一个结婚礼物，那是按照我父母的意思。你能找到她的联系方式吗？我只要个通讯地址。"

女人说："我明天问问上司吧。他今天感冒，不来上班。"

"好的。那我明天再给你打电话。"他起身告辞。

"你是东部人吧？你们看人的眼光是斜视的。"她说。

"那让我就这么正视你。"他对她看了一眼，"你算是个很不难看的女人。"

"哟，你们东部人很懂说话。"她的脸上红了一下，然后说，"其实我知道他们去了华盛顿附近的一个政府单位。她的老公在那里做很难的研究。"

他思考片刻，把自己的手机号码留给了她。"我今天就回纽约了。等你有了消息，请给我打个电话。"

"这就走了？"她打量了一阵他的全身，一阵浅笑后露出了她的白牙。

"要走了。我有事情要赶回去。也许以后我们还会见面。"他说。

她拉住了他的手，挠一下他的手心："以后来看我。这里很无聊。只有化学品的味道，和几个跟机器差不多的人。"

"我闻到了。"他在她的左脸上亲了一下，"我真是没白来一趟。"

七

莱恩去那个红顶小客栈取了行李包,在去灰狗车站的路上,忍不住在野外撒了泡尿。用草擦了把手,坐上了去华盛顿的大巴。

大约是第二天的中午,他在大巴上收到中部女人的电话,她给了他丽莎·陈的家庭住址。他兴奋得浑身发颤,坐在她身旁的老妇人用一种抗议的眼光看着他。他只得离开了座位,躲到了洗手间里。

在镜子里,他简直像一条蜕了冬天的皮的蛇,对自己那身新皮的光泽茫然不解。他应该怎样出现在她的面前?他的面孔是否会令她惊慌?他只有在她的住家周围居住一阵才有机会接触她。

到了华盛顿后,他才发现他拿到的地址竟是个私人心理诊所,在老乔治亚城大道上的一个红砖瓦房里。难道是那个中部女人耍了她?想来不会。她对自己的好感显而易见。他计划在附近先住下来,仔细研究一下这个诊所。

他顺利地在就近的一家中式自助餐厅找到一个服务生的工作。打了几天工后,发现客人的小费给得很少。

但他干的活很轻松。即使那样他在收工的时候依然感到手臂酸痛。发工资那天，他去商场挑了两条大号的牛仔裤，一边试裤子，一边想着自己怎样做才能见到她。

周四的中午，餐馆不算太忙。一个五十多岁的男人带着两个年轻女子进来。他给她们拉着门，等她们进了餐馆，自己才走了进来。那个男人在前台先付了款。莱恩看见了他身边的一个身材健硕的女子，半只脸被一头长发盖住。他从那高耸的颧骨架认出那个女子是瞳冥！他看着他们坐下。那男人让两个女子先去拿菜，自己坐下看着她们的手提包。

他躲到了屏风后面，不敢呼吸，打量着瞳冥。她的脸上化了淡妆，额前的刘海烫了一下，灰色的毛线衣下，小腹隆起。天哪，瞳冥已经有了身孕？

心跳一阵之后，他告诉餐馆老板自己中午要请假。他迅速换上了便装，躲到餐厅后面的停车场附近的一个便利店里。一个多小时后，瞳冥和女伴，还有那个付钱的老头出来了，老头的手在瞳冥的背上拍了一下。他们上了同一辆车，往那个诊所的方向开去。他的判断是，瞳冥是在那个诊所做工。他庆幸自己找到了她。他先要搞清楚那个老头到底是谁。

他在网上搜索了一阵，确认老头是当地的一个重症

徙

精神病治疗专家：金春焕。他的心脏狂跳起来，难道瞳冥在那里接受治疗？那么，他是不是也可以成为金的病人？只要能看见瞳冥，他干什么都愿意！

他给诊所打了电话，接电话的是个美国小姐。他描述了自己有幻听幻觉，希望得到金的帮助。她请他等待回复。金在两小时后便给了他回电。金问了他几个简单的问题后说："我周六通常不上班，但你的情况听上去有点严重。你周六下午3点过来，我可以马上给你开药。并且，我想邀请你参加我在进行的一种实验性治疗。"

莱恩想了好一阵关于穿什么衣服合适，最后还是去了一个叫"好愿望"的二手货商店，花了十几块钱买了一条领带和一件白衬衣。当他见到心理医生金，脸上浮现出一种严肃的神情。

"年轻人，生活还好吗？"医生问。

"还好。"他没有避开医生的目光。

"你近来一直有幻听吗？"

"一直有。我的前女友，她跟另外一个男人结婚了，像是要生孩子了。"他看着医生。

"那你听见了什么？"

"她要我去救她。那个男人每天晚上强奸她！"

"你最近跟那个女孩子有联系吗？"

"没有。我们已经一年没见面了,但我为了找到她不惜一切。"

"孩子,你为什么这么执着?"他说话的口气带着一种温情。

"只有我能理解她,没有人能够替代我!"莱恩回答。

"我想,我可能要给你针剂治疗,你的情况令我担忧!"金的眼睛里有一种坚毅。

"你想控制我?"莱恩被激怒了,"你大概就是用这种手段控制了丽莎·陈。她是你的情妇吗?"他站了起来。

"年轻人,你在说什么? 丽莎是有丈夫的人,是我老师的孩子。莫非她就是你以前的女友?"

"是我女友。我看出来她已经怀孕了,是你让她怀孕的,你敢承认吗?"他走到金的面前,双手用力抓住他的肩膀,"你这个老狗屎,居然还装成一个绅士。"他突然看见自己的手上长出了金色的指套,刷地一下张开。他的双肩微微抖动了一下。

"你冷静一下。你误解了!"金稳稳地站着,没有做任何抵抗。

"停止扮演上帝。我今天要彻底干掉你!"他捏起左拳头,狠命地向金的右侧太阳穴击了过去,他的金手指猛烈地掐着金的脖子。金身体发颤,渐渐变软。莱恩用右手猛击他的头部,直到金扭曲着脸,眼角出血,稻草一样倒在地上。血从金的脸上慢慢地淌到办公室的门槛,渗了出去。他声音沙哑地笑了一阵。

电话响了,莱恩没有接。她听见一个女生的留言:"金,我在电脑上看到你今天有个病人。如果是重症病人,我需要过来吗?请尽快回复!"

他想拿起电话说话,但控制了自己。他希望瞳冥会突然出现。

他脱掉了鞋子,在金的血迹上肆意行走,像画油画那样,用脚趾把血色在地上磨得均匀。唯有那样,他才能排遣他这些天来所经受的压抑。

大约半小时后,他听见了院子里的脚步声。快到门口的时候,脚步声停住。他听见了一声尖叫,便冲了出去。

"瞳冥,是我!"他对着她吼。她穿着一件米色大衣,脖子上围着一条长长的橘色棉制围巾。

"你,是你?"她无比惊讶地看着他,退了一步,抚摸自己的腹部。

她看见莱恩的白衬衣上有血迹。"地上是谁的血迹?"瞳冥大声地问。

"他的,那个精神科大夫。是他强奸了你,对吗?"

"莱恩,你疯了! 我只是他的助手,同时也接受他的开导。我和肖云结婚了。你记得吗? 他曾是我的未婚夫。"

"你还想继续骗我? 你从来就没有结婚,你是为了逃离我才离开了哥伦比亚大学的!"

她看着他青苍的面色,眼里露出怜悯:"我确实和肖云结婚了,我怀上了他的孩子。但我的脑子还是不太正常,常想东想西,包括想你。母亲把我送到医院住了一阵。好些后,教会里的牧师介绍我来这里接受金的辅导。没想到你还是寻来了!"

他温柔地抱住她。"我们天生是该在一起的,其他的人都是多余的!"

"我不许你这么说,他们都是好人。你是不是伤害了金? 他是我的恩人,他让我恢复了正常。你让我进去看看他好吗? 求你!"

莱恩低下头,松开双臂,放她进去了。他突然感到从自己的躯体里走了出来。他看到一个手上沾血的男人,脑部青筋爆裂。他是谁? 他恨那个人,但又怜悯他。他想找一片叶子盖住那些青筋。房里传出幽幽的、逐渐变得尖利的哭泣声。莱恩突然面色青紫,满身大汗,最后慢慢地瘫倒在地。他突然想起来了,他刚刚战胜了一个功力很高的敌人,他赢得了他爱的人。

八

瞳冥跪在地上,看着金的眼睛。他死不瞑目的样子令她心惊。他的眼球在慢慢液化,继而变成锥形的立体镜。镜子里出现了互动的两条蛇,灰色和粉色。莱恩是一条蛇,她也是一条蛇。他们在冬天咬死了想拯救他俩的金。她还有什么颜面活着?

死的念头令她镇定。死后便可以脱离罪恶,给肖云一个道歉,回到清白的世界。她把脖子上的围巾叠得很细很细,缠到自己的脖子上,她的脸上露着一种笑。莱恩突然进来了,抱着她,亲吻她的脖子。瞳冥慢慢把围巾松开。

"亲爱的,我们自由了。我们一起回纽约,我等了你整整一年。"莱恩轻轻地说。

她茫然地看着他,答应跟他走,把围巾从脖子上拉了下来。那时的天空依然有着一丝光线,从西边一片云彩中透出来,像是白昼的残余。在老乔治亚城街上,莱恩拦到一辆黄色计程车。莱恩告诉司机,他们要去联合广场火车站,要他开得越快越好。他把沾着血迹的皮夹克脱了下来。他们在火车站下了车,莱恩很快买了两张电子票,并把他的夹克扔进一个垃圾桶。"快开车了,我们要快!"他瞪着眼睛对瞳冥说。

在街口,清冽的寒风让她的头脑变得清醒。她从口袋里掏出围巾,一层层地绕到自己的脖子上。一辆计程车驶过。司机看见她在招手,便停了车。在司机关车门前的一刻,她把围巾的一头扔到车轮底下,把另一头在她脖子上打了个死结。车启动,她脸部的肌肉抽搐了几下,身体慢慢倒在后座上,发出呻吟。

车轮滚动了几分钟,车缓缓停下。司机看见那个女子面色苍白。他开了车门,坐在她身边企图唤醒她,但已感觉不到她的呼吸。可怜的非裔司机闭上眼睛,拨打了911。

几天后,马里兰州的地方报上登出一条消息:负有盛名的心理病医生,金春焕,被一个二十四岁的重症精神病患者杀害。而金的助理,丽莎·陈小姐因为过分自责,用橘色围巾自杀。杀人者莱恩在接受精神鉴定后,被关在纽约上州的精神病医院。尽管他的父母曾经提出让莱恩回家接受监视治疗的请求,遭到法庭的拒绝。

瞳冥的父母把她的遗体埋葬在洛城的一个树木葱郁的墓地。下葬那天,瞳冥的面脸姣好而平静,像在浅睡。

朱慧把那本《德伯家的苔丝》放在她的枕头边上。她的泪水止不住地滴到瞳冥的脸上。美国牧师神色庄重地做了追悼瞳冥的演讲。在棺材入土的前一刻,他的双手在棺木盖上按了很久,流泪不止。

归 鸟

学期结束前,本杰明接到正在修他的编程课的学生水莲的电邮:"亲爱的本杰明,我想问一下:你能不能把我的分数从打分改成及格或者不及格? 其实我根本不需要这个分数,修着玩的。等学期结束,我会想你的。"在邮件的末尾,水莲提到她有个当电影导演的梦。

本杰明读完水莲的邮件,感到一种意外的惊喜。水莲是班里最特立独行的一个学生,她常常迟到。上课时常摆弄自己的手机,偶尔在自己的笔记本上画画。但她的测验或考试成绩却往往是好的。

本杰明回复道:"如果你有一天真的成为电影导演,我会因为认识你而深感幸运。"

学期结束后,本杰明约水莲出去看张艺谋的《我的父亲母亲》。看完片子,本杰明问起她的感觉。她说:"张导演很有才的。但这个电影嘛,可能是太刻意地想表现清纯了,我觉得过于唯美。"

本杰明的脸上露出一种尴尬,他想了想,道:"这虽然不是个深刻的电影,但我看着觉得很享受。我喜欢那个女孩子奔跑的样子。不过,我可能没有你这样的悟性啊!"他用手摸一下自己的头发,歪嘴一笑。

他们在近中央公园的地铁站等了很久,一号地铁还是没来。她朝一个正在拉二胡的中国男人脚下的盒子里放了几枚硬币。

"这个曲子很动人啊。"本杰明说,"乐声里有一种古老的牵挂,也有些无奈。"

水莲点头说:"他演奏的这个曲子叫《相望》。表达男女之间的情感,有点悲伤。"

"打动人心的曲子总会有点悲伤。哦,说点不相干的。昨天我去献血了,是作为一个志愿者去的。"本杰明说,"时代不同了。他们抽你的血,然后让你做各种各样的化验,还问你一堆涉及隐私的问题,有的提问过于触及隐私,简直是令人窘迫。"

"美国这么过于触及隐私啊!"水莲猜到,本杰明是在暗示自己是一个生理健康的男性,体内未携带令女孩子害怕的病毒,她的脸上挤出一个樱桃小丸子般的笑。地铁呼啸而来,他们上了地铁。身边有座位,他们却选择站着。本杰明从皮夹克的口袋里掏出一个发黄的小本子,然后把本子递到她的手里。"这里面有我年轻时写的诗歌,你有兴趣看看吗?"

"要看的。"她收下了。

"顺便告诉你,那些所谓的诗歌当年都被尊贵的《纽约客》杂志给拒了。你看了告诉我一下你的感觉吧!"

水莲在 116 街下去了,向本杰明挥手道别:"等我静下心来的时候,我会读你的诗歌。"

几周后,本杰明突然打电话告诉水莲自己迷上了骑摩托车。每天,当黄昏将收起翅膀的时候,他会在家附近的街道上遛一圈,那种飞驰的感觉提升了他的情绪。他又给水莲打电话,问她是否愿意坐在摩托车的后面。她的蓝色耳环晃了几下,道:"好。"

他们在哥伦比亚大学校园的门口见了面,她给了他一个宽松的拥抱。他载着她,从 120 街开到 180 街。坐在后面的她感觉自己像一阵风!

"我让你的感觉怎样?"他问。

"快要飞起来了! 顺便说,我很想去看看你的公寓呢!"她说。

在他的公寓里,他们面对面地坐在椅子上,不知道应该说些什么。本杰明开口打破了沉默。"你戴上耳环就好像变了个人,有一种成熟的风韵。以前为什么不戴呢?"

"这种事,随心吧。说句实话,我平时很少在意自己的外表!"

"嗯。我们要不要挪到绿色的沙发上去?"他问。她点头同意。

"你的沙发感觉软塌塌的,是从大街上捡的吗?"

"是。我爱回收,既减少浪费,又为绿色世界做出贡献。"他用指关节压一下她的鼻子。

"什么都可以回收,就是爱情不能。你为什么不把墙上的照片取下来呢? 你们已经分开了!"她的声音里有一种威严。

"我还没有准备好要把她的照片取下来。"他说完,便吻起她的眼睛来。"老师吻学生可是校章上不允许的。"他边吻着她,边说。

她提醒他道:"你已经不是我的教员了。"

他把她压在身下,柔声地问:"你在下边待得还舒服吗?"

"还好。我想坐起来跟你聊天!"她说着,便坐了起来。

归鸟

"不好意思地问一下,你觉得,我的诗歌是否有些乏味?"他问。

"乏味倒是没有。你是懂诗歌的,文字也不错。可写诗实在太容易了,似乎只是一种情绪的发泄。我不知道我应该对你的诗说些什么?简直就是不错的!但深度方面,我暂时还没法说。我更喜欢写意象的诗歌,有点精神分裂的那种句子。你看墙上的那个女的老瞪着我,让我分神。她叫什么名字?"

"叫莎莉。"本杰明口齿不清地叙述着。他的前女友莎莉出生在英国。她的母亲生了四个孩子,几乎是父亲泄欲的工具。她母亲过世后,父亲一直找不到工作。莎莉和三个妹妹都是在英国的农村领救济金长大的。本杰明一直都知道,莎莉是有点喜欢女孩子的。但本杰明并不在乎这些,反倒觉得莎莉特别有个性,特别吸引他。那些年他拿着一流电脑编程员的薪水过日子,希望可以帮助莎莉实现当文学家的梦想。他们曾经过得很开心。可莎莉拿到文学博士学位后就离开了。本杰明说:"我还是不明白一段美丽的关系竟会这么突然地结束。"

水莲想了一下说:"如果我是你,我不至于太伤感。虽然你的前女友被别人抢了。但至少,抢走她的是个女人。女人可以给莎莉你给不了的东西,更何况她本来就喜欢女孩子呢。"

本杰明道:"你这话给我的安慰很大。我猜你是ABC,就是在美国出生的华人,对吗?"

"我是 ABC。你呢?"她问。

"我的父母其实是越南华侨,应该也算是华人。他们小的时候在越南读书,他们的中文基础非常好。后来,他们随父母坐船逃到了香港。后来又到了美国读书。听祖父说,他们在船上差点被越共干掉。我出生在美国。"本杰明说。他对谈论自己的根似乎没多大兴趣。

水莲转了个话题:"我必须说这女子不难看。"

"是不很难看。这张一般,她的五官不够清楚。顺便说,我们再来一圈吧。"他把她搬到他的上面,"你需要手铐吗? 我的前伴侣莎莉只有在被戴上手铐时才会达到那个的!"他似乎不想说出高潮两个字。

"不,我不要! 我不要被铐上手铐!"她尖叫着,脸上露出惶恐。

"对不起,我知道每个人都不一样的。"他感到自己有点冒失,"那我们随意吧!"

他们频繁地交换体位。她的肢体的挪动有一种节奏感,她的眼睛有一种复杂,令他想到披头士的主唱列侬写过的一首歌——《想象》。

归 鸟

"你肯不肯跟我去中国,看一个地方叫武夷山的?"他们歇息时,她突然问。

"为什么要去武夷山？那山在中国大陆的哪个方位？"

"位置偏南！那里有山有水,很清秀。听说山里可能藏着神仙。"她说。

"神仙？小时候听父母说起过。据说见到神仙就会有好运气。可能我到了要会神仙的年龄。"他似笑非笑地说,"也许神仙才是掌控我命运的。"

暑期快结束的时候,本杰明和水莲从肯尼迪机场坐飞机到上海,然后直飞厦门市。他们在飞机上讨论旅游的路线问题,口气很随便。

"鼓浪屿总是要去的吧？那里没有可恶的汽车。但有很多老式的洋房,模样独特的矮墙,还有很多的有个性的店铺。"她说。于是他们带着行李上了渡轮。渡轮开得很慢,本杰明很想早点看到她提到的鼓浪屿,但又享受她坐在他身边的那种感觉。

上岸之后,他们决定先找个旅馆。很快地,水莲在鼓浪屿选了一个叫"花堂"的客栈,匆匆地把他们的行李在大厅里寄存。大约在下午 2 点左右,他们在拥挤的福州路上走着,身边的人流如移动中的输送带一般。他们觉得疲乏,并且也饿了。"那我们去赵小姐的店看看吧!"她的声音里有一种期待。"随你。"本杰明耸耸肩,说这地方给他的感觉好年轻,有点像亚洲青少年版的迪士尼。"我感觉自己很老。"他叹了口气。

她在店里买了一盒凤梨酥和两盒红豆饼。本杰明说,凤梨的味道跟在纽约超市买的有点不一样。他更喜欢红豆饼。走过"汤米男孩"店时,他们要了两杯咖啡。本杰明说这里的咖啡比美国的星巴克还贵,让人难以理解。"不过,小屋的造型蛮有特色。"他说。

黑夜降临,他们睡在一张窄小的床上,身子不敢轻易动。本杰明瞅着屋顶,说自己感到压抑。

"明天你就会好。我们去爬山,若能爬到最高处,也许会遇见神仙!"她说。

"我倒是希望有这个运气。最近,我的心情很不稳定,有点想去看心理医生。"他说。

"不用的。你是因为工作压力太大,到了山里心情自然会好的。"

在朦胧的晨雾里,他们登上去武夷山的飞机。飞机看着很新,起飞的时间略为延迟,他们在机舱里等。紫色的光令她浮想联翩,她在他的耳边说,他们要去一个峡谷,里面有个景点叫"一线天。"

归鸟
———

本杰明问她"一线天"这个称呼的来历,水莲说:"等你见到了,你自然就懂了。"

到了武夷山,他们在一个近景区的客栈过了一夜。那个房间的屋顶比鼓浪屿的更低矮,他感到有一种压抑感。她企图吻他的唇,他却转过身去,说:"我好像感冒了,全身不大舒服。最好不要传给你。"

"那你明天还去追神仙吗?"她有点失望地问。

"我即使感冒也会陪你去看的,这是我对你的承诺。"

中午时分,他们先去一个离景点较近的茶店品尝当地产的茶叶。"品茶是很好玩的事情,你最好不要很快露出你很喜欢他们茶的样子。"她对本杰明说。店主见有会说洋文的客人光顾,有了更强的表演欲。他先用紫茶壶泡了滇红,还给两位身上带着新鲜气味的客人切了两小碟蜜饯。

"你们一看就是贵宾啊! 我是拿一百度的开水给你们泡茶的。这是滇红,口感特别好。请你翻译给他听!"店主笑吟吟地对水莲说。水莲皱皱眉头,没有翻译他的话。她叫店主尽快拿好茶出来让他们品尝。

本杰明用细长的手指把手里的杯子转了几圈,品了一口,眉头微蹙。他说那叫滇红的茶味道有点苦。店主便泡了一种叫正山红茶的。本杰明品了一下后,抿一下嘴，说他以前在纽约中城的欧式茶店里喝到过这种茶。但觉得在这里的茶更清甜。

水莲品了一口大红袍，觉得口味太冲。"这不是真正的大红袍。"她对着店主吼道。本杰明被她的吼声惊到，抱歉地对店主笑笑，向他买了一条正山小种。

快登山前，本杰明对水莲说："你刚才像是喝醉了，从来没见过你的这一面，突然变得那么凶悍。原来茶也能醉人？"她笑而不答。

在峡谷里，本杰明第一次看到，山崖间，数块岩石猛然向外延伸，在他的眼里，仿佛是一群正在休息的飞禽走兽。他只能俯首侧身地走过。等过了之后，他顿然明白了"一线天"的含义。

"我们往上走吧。这里好像没有什么神仙！"她的脸上写着一种失望。

她上移几步，不时地往回看："你这么慢？以前不是跑过好几次纽约马拉松的吗？"他一步三停。她却兀自向上走。快到顶峰时，她才想起他来。她回头看，不见他的踪影。"本—杰—明！"她只听见自己的回声。

走过她身边的一个年轻人说，他看见一个中年的亚裔男人刚才往下倒爬，后来在一块石头上歇息。她飞快地走下去了。本杰明躺在一块石头上轻轻喘息，眼皮泛白,像一条被捕上岸的鱼。

"你还好吗?"她问。

"觉得胸口闷。"他答。

"你有心脏病吗?"她又问。

"以前没有。"他的声音变得微弱。

"我陪着你。"水莲把瓶里剩下的矿泉水洒在他的脸上。

他慢慢坐起来,说自己可以走,但依然面色苍白。他们走得极慢。太阳下山了,天空的脸挂着一层灰暗的心事。

晚餐前,本杰明在旅馆躺了一会儿,服了一粒自带的镇静剂。洗了澡,换上一件很新的白衬衣。

水莲拧了一把他的右臂说:"我喜欢你的样子,眼睛里有鱼的悲哀,手臂动起来有鸟的活力。"他看着她,欲言又止。

回纽约后,本杰明找了个心脏病科的医生,向医生详细叙述了他在"一线天"的心脏不适的经历。医生立刻让他做了心脏张力试验。在踩踏板的时候,他感到极度的累。心脏张力试验却显示一切正常。他告诉了水莲。她说最近功课忙,等有时间会去找他。本杰明从她的语气里听出了一种冷淡。

初春,水莲偶然在《纽约时报》上看见本杰明的照片,蓬乱的黑发里略掺着几根银丝;他的手里举着一个被电脑程序控制的手。照片下的小字写道:"本杰明的终极目标是让那只手达到名医做手术般的精度。而这个目标的实现将改变世界!"

本杰明脸上的表情温柔无比。水莲激动地留下泪水,马上打电话约他到哥伦比亚大学附近的匈牙利糕饼店吃夜宵。

水莲那天穿着一件开领很低的白衬衣,配一条棕色皮裙。她跟本杰明说自己也想早点毕业,然后去武夷山拍个探索女性情感世界的电影。

"你会离开很久吗?"他问。

"几年吧!"

"真是够久的。这样也好,我的事业步入正轨,我,也想开始找一个真正的女友了。"

"亲爱的,我一直想对你说,你原本是一只鸟。遇见莎莉,就成了一条鱼,因为她是溪水。而我只是银针。"她不想直接回应他的宣言。

初秋,本杰明从哥伦比亚大学获得博士学位,他受到一个已经当了某公司总裁的旧友的邀请,专门为人工心脏的安装步骤的调控写程序。公司的生意渐渐稳定,本杰明便在这个公司当了副主管。

水莲在秋末从大陆回纽约,拍了一个关于大陆"80后"女同性恋生活的电影。这个片子在小圈子里的口碑不错,但没赚到钱。她邀请本杰明参加了宣传活动。在苏荷区一个餐厅的院子里,他恭贺了她。但她对自己的前程却并不看好。"艺术家是要被养着才能成功的,我不要被养。"

他笑着问:"那以后我们该保持什么关系呢?"

"以后还是保持朋友关系!"她说。

他有点唐突地问:"你是不是在大陆爱上了某个女生? 你在你的电影里似乎透露了这个信息!"

她否认道:"不是。我只是不确定!"

他问:"你到底对什么不确定?"

"对两性关系,对我的艺术生涯,或者对生命的意义都不明确!"

本杰明点头说:"是的,我理解。我毕竟大你很多,依然背着一个感情上的行李。我对生活的感觉也很疑惑,比如生的意义,死亡似乎是生命的一部分。还有我们离世界的末日有多远,那些……"

她望着他,多么希望他说出一些令她树立信心的话。但他的心情似乎比她的更晦暗。是的,他毕竟大她很多。

"你还没忘记纽约吧？有一次，我不知道说了些什么，好像让你失望了。"他也欣赏着那只姿态高昂的鸟。

"有些记忆是永恒的！"她的口气显得很老成。

"你在想些什么，如果我可以知道？总觉得你心里的事情不想让我知道，你总是装得特别坚强。可是你的心底装着脆弱的东西。"

"好，我今天突然觉得可以把心里的某一块挖出来的，给你看什么是痛。我没跟你说实话，今天我要告诉你，我不是出生在美国的。我是因为母亲嫁了一个在美国的台湾老头后，才以移民的身份进入美国的。"她说。

"那也没什么呀？你觉得是否出生在美国很重要吗？"

"不是。只是，那个我妈嫁的年龄很大的男人，我该怎么告诉你呢？我妈并不喜欢他。但我们家当时的贫穷不是你所能想象的。妈妈嫁给他，似乎是为了改变她的和我的命运。妈妈到纽约后就在大西洋赌场当发牌员，能赚到五万到六万美元。她不常回家。开始，那老头对我很好，每天送我上学，接我到家。有时还带我出去吃晚饭或夜宵，还给我买时髦的衣服。可是，等我上初中的时候，妈跟他的关系变得不好，他们开始谈离婚的事情。而他却对我似乎越来越关心。一个周末的早上，妈妈不在。

从

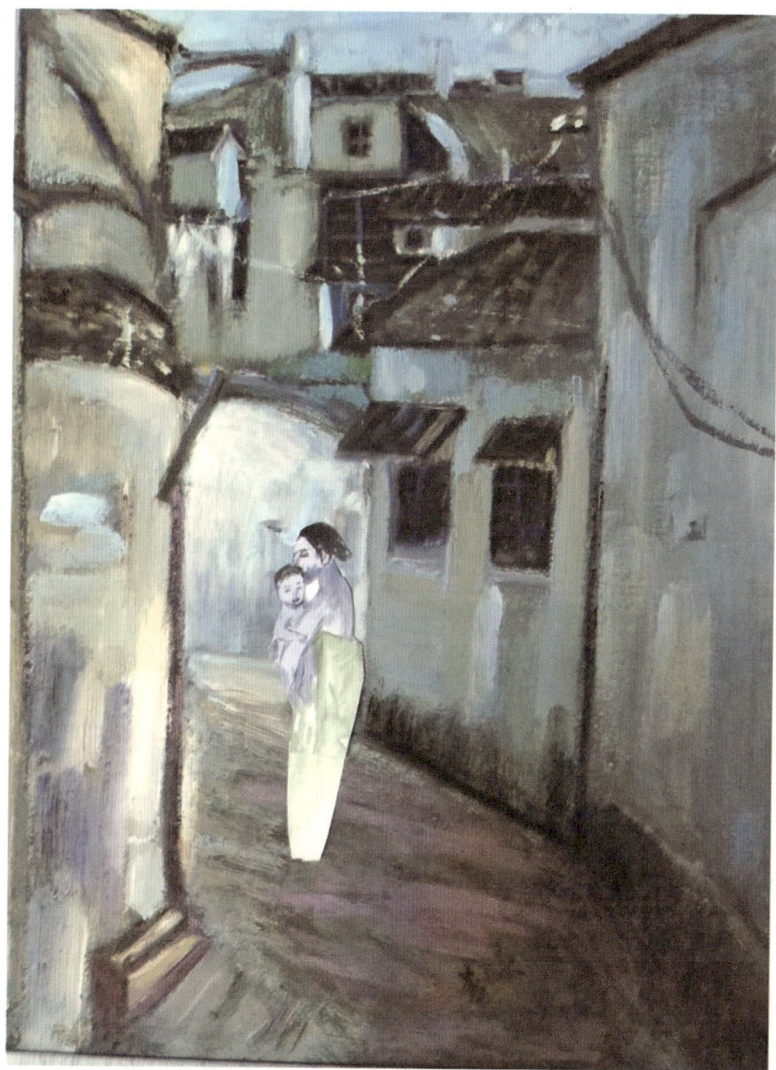

.

我刚整理好书包,走到了客厅,等他送我出门。他笑着向我走来。很突然地,他抓住我的身体,用绳子把我绑了起来。他用一壶凉水从我的头上冲下来,逼着我撒尿,我尿不出来,下部很痛,便拼命地哭。他就把我的一只手上了手铐,用我的另一只手摸他的下身。我猛烈地吐了一场。他一拳把我打到地上。"

"你当时为什么不去告他,或者找警察抓他?"他问。

"我很怕他,我们欠了他的钱。我也不要妈知道这件事情,我就希望快点逃走。后来妈把我带到了她的朋友家住。再后来妈不做发牌员,改做房产,买进一些旧房子,租给穷学生。这样她慢慢有了点积蓄,就供我上了一家住读的私立初中。后来我突然喜欢读书了,考上一个不错的公立高中。"

"那你就永远活在那件事情的影子里吗?"本杰明问道。

"不知道。但我还是感到他那只手的存在。"

他沉默了一会,道:"晚上我请你吃饭,地方由你选。我自己也特别想念这里的中餐,味道跟纽约的广东菜不同。"

"那选麦当劳吧!"锁骨在她瘦嶙嶙的胸前闪着光。

"在武夷山里也有麦当劳?"他的眼睛转了几圈。

"这里有新一代的东方人，他们好像还很接受美国的风格。呵呵，只是跟你说着玩的。我们当然应该去吃当地的土菜。你是客人，当然是我请客！"

这家土菜店很拥挤，他们等了三十多分钟才坐下。水莲的兴致很高，连着点了三个菜：麻辣香锅、九曲溪鱼和有地方特色的土笋冻。本杰明对着麻辣香锅猛吃几口，被辣到忘记自己身处哪个宇宙。坐在他们旁边的是个背上留着根辫子的西洋男人，他用粗短的食指和拇指夹着烟，小口地抽，显出滋味无穷的样子。

"那人好有意思。面孔看着像东方人，举止却完全是西式的。"她说。

"我也注意到他了，大概是个艺术家。他脸上的表情很有感染力。"他说完便转了个话题，"再对我说说你的家人好吗？比如你的父亲。"

"没什么好多说的。我父母都是福建乡下人。我三岁那年，父亲在一个工地上干活死了。后来，家里常有男人进出。我是说不同的男人。"她说。

"知道。后来呢？"

"妈嫁给一个台湾的到我们家乡探亲的福建籍老人，他是美国公民，那人有政府给的养老金。等我到纽约，那男人已经老得做不动工。家用不够，她就出去做工了。

我知道这听上去像个电影故事。我不喜欢讲这段的,而且你已经知道一些了。"她的鼻子开始作响。

"你哭了?"本杰明捧起她的脸。

"我没哭,我有轻度的鼻炎。最后妈把我托给一对有文化的朋友夫妇。她常来信,说你要读书,要学会谋生的本事。"

"那你一直没多跟她联系,多了解一下她的生活?"

"找她很累。她不太想见我,好像怕我变得跟她一样。我高中上了寄宿学校,那时候就开始喜欢电影。我好像不像其他人那样爱他们的母亲。"

"那天,你为什么对我说你是在美国出生的呢?"本杰明问。

"那天你先说我大概是 ABC。我突然觉得好希望我是,想在那一刻,抹去以前的记忆。于是,谎言像烟雾从脑子里冒出来,你把它吸了进去。"

"那么,你到底喜欢我的什么呢?"他问。

"大概是喜欢你的不确定感。你像一个在机场等飞机的人,总在起始地和目的地之间。"

本杰明说:"我确实有点像个等飞机的人,也许你可以成为我起飞的跑道。你以后打算做什么?"

"想在这里住一阵,沾一点武夷山的仙气,或许最终会见到神仙。然后回美国看妈妈,给她找个更好的地方住。我对不起我妈。她想让我读会计,可我常常逃学。后来我自己当模特赚钱。她觉得当模特不是正经的职业,变得更不开心。她几年前出了车祸,被送进疗养中心,靠鼻饲管喂食。那里的护理不算太好,我很少去看她。"

"为什么?"

"那里很闷,很压抑。我每次一进去就想离开。"她说。

"纽约的空气本来也不怎么样。我们去旅馆吧!"他说。

他俩挤在一个细窄的床上,两个脖子靠着一个长枕头。

"你认真地抱我一会儿,你有不确定感。我想看看你能坚持多久?"她说。

他小心翼翼地把她放到手里,怕她的身体从他的手里滑出去。"我就睡在你手上吧!"她说。最后他坚持不住了,把她放到床上。"我们今夜是要在肉体和精神之间穿梭吗?"她问。

"是哟。我感到现在离你很近。"他说。她没有回答。

早上,阳光射进了窗户。他们对视着,几乎都想不起来昨晚的细节。

"你和别的男人有过成功的高潮吗？"他突然问？

"跟不同的人,高潮的感觉不同。"她说。

本杰明说："嗯。我们一起吃个早饭吧。"

当她把一个绿苹果咬得只剩下一个核时,她说："我要走了。"

他说："随时到纽约来找我。把你母亲住的那个地方的地址给我,我会去看她的。""我会的。"她麻利地消失了。

两年后,她出现在本杰明的公司里,地点在纽约市下城的苏荷区。她把一袋速冻的竹笋冻给了本杰明。"请给我一个工作吧,我把妈妈从加州的养老院移到纽约来了。"

本杰明的下巴上蓄着一撮嫩胡子,笑盈盈地说："我们一起去看她。"

她母亲住的是896号,门号旁边标着一个"清"字。

本杰明在房间里看见一个面无表情、眼眉清秀的老女人,朝她点了点头。

"妈!"她的声音如小女孩一般清澈。女人的眼神不变,嘴巴略略张开。水莲不停地揉着她的右肩。本杰明给那个女人喂水。

归鸟

"她知道你来了。"本杰明说,"我以前来过几次。如果你一直对着她的眼睛看,她偶尔会用眼神来回应。"

"你确信?我知道,如果没有我,也许她不会过得那么惨。"她说。他们坐电梯下楼。电梯口贴着一张餐巾纸,上面画着一个圆脸上的橘色微笑。

谈妥了工资后,水莲答应为本杰明的公司设计广告。只花了一周,她用软件设计出一款活泼可爱的动态彩色小龙。

"你对颜色的敏感还没有完全体现出来。"本杰明走过她的身边,把手压在她肩上。

"你的口气很像老板嘛!我知道我在做什么,你可别干预。"她连着设计了五个动态广告。本杰明采用了其中的两个,成功地把它们卖了出去。

周六的晚上,他们去中国城吃火锅。"你搬来我们一起住吧。"他说,"你很吸引我。"

"你觉得,我们可以长期吸引对方吗?"她问。

"你从来没有跟男人一起住过吗?"他问。

"没有。"她答。

"那么我们就给彼此一个机会?我等了很久,我终于有了自信。"他说。

在她搬进他家的那天,本杰明说:"以后我来打扫厨房,你做饭。这样算公平吗?"她笑。

她从网上找了几个东西合璧的菜谱,自己也构思了几个。吞拿鱼配土笋冻是她的得意之作。她不告诉他土笋冻是用虫子做的,她骗他说土笋冻是用福建的稀有水果做成的果冻。本杰明从来没有怀疑过她的说法。

接下来的几个月,本杰明接到很多的广告制作订单。他不再有时间打扫厨房;不再吃她做的饭而吃盒饭。他们的洗手间溢满硫化氢分子的气息。

周日,她洗完澡,头发滑丝丝的。她穿上一件黑衬衣和溜细的牛仔裤,说想去现代艺术馆看个展览。本杰明突然从床上跳了起来,用一条领带拽住她的脖子。"请你留下,让我们好好玩一下。"他把她的胳膊捆了起来,他们的肢体交错着,体尝了一种可说是贴切的乐。

厨房里,在煮牛肉罗宋汤的时候,她感到自己的身体里长了个物。一个月后,她在一个叫"大爱"的药店买了测怀孕的试剂,结果呈阳性。

"是该走的日子了。我接了一个活,是帮一个有名的编剧扩写剧本。她比我有才,我甘愿为她服务。"当他们躺在床上的时候,她闭着眼说。

"那种生活没有安全感的。你有才,太委屈你了。"本杰明说。

归 鸟

"其实我是想找人生个孩子，经历一个做母亲的过程。"

"是吗？我对结婚生子的事情有怀疑。这个世界是被扭曲的，我们都在装着理解生活。"本杰明说。在黄昏的光里，他显得苍老。

清晨，她提着一个棕色皮箱出去，两天后飞到了武夷山。她在山里租了一个房间，每天和山民吃一样的饭菜。山民们看到，她的腹部微微隆起。

有一天，她到九曲溪坐竹筏。她的思绪如溪水般流淌，她突然非常想念本杰明。脚下的溪水里现出一张脸，上额宽，下颌窄，眉宇间有一丝忧愁。

她在网上查他的名字。她记得，本杰明博士毕业的时候，他的导师把本杰明登在《纽约时报》上的照片放在他个人的网站上。她很想再看一眼本杰明脸上的线条。

那张照片还放着，照片的周边镶了一圈白色的小花。照片的下面，写着一长段信息。本杰明关掉了他的广告设计公司，回到科研领域，他的目标是通过研究人类的基因谱来提高心脏置换的精准度。为此，他从纽约市政府得到一笔巨额的科研经费。他在几个月前突感胸口发闷，被同事送到医院的急诊室。医生说他有心包积水，并向他的父母发了病危通知书。胸科医生发现本杰明心脏里的一根动脉断了,血不停地涌出来。当心脏里的积液被抽尽时,他对着导师和家人笑,笑里有一种歉意。

几天后,本杰明又现气急状。检验科的护士送来报告,说在积液里找到了癌细胞。医生便停止了抽液,通知了本杰明的父母,他们已经尽了全力。本杰明出现了肝功能衰竭,肾脏也停止运作。死亡报告的病因栏里写着"胸腺癌"。

水莲的泪水从眼眶里涌出,在下半个脸上画出一块沼泽地。她突然倒地,她的腹部剧烈地痛着。水莲躺在武夷山的产院里,一个女医师果断地把她的肚皮剖开。散开了的内脏扭曲着,像莫奈画里的水莲。她频频尖叫着,肚子里的水汹涌起来。被黏液裹住脖子的婴儿,鱼一般地跃了出来,大哭。孩子的眼睛很像她父亲的。

水莲穿着一条宽大的牛仔裤,抱着婴儿在山间行走,上身裹着素绿的绸缎披肩,上面绣着几朵白花。她像是一棵早熟的树,尚未开花,便结了果儿。而她到底是谁?是个华裔的女儿。本杰明呢?是华裔的孩子,还是血脉里也留着越裔血的亚裔?果儿呢?一对亚裔生出来的孩子。移民不断地造出新的"人种"。

她抱着果儿下了山,突来的山雨打湿了她的头发。她抬眼望去,见天空有云层飘过。一串黑物掉进身边的水沟,那是一副被遗弃的手铐。

　　本杰明,她多么想念他!想他的脸,他的笑,他的大脑。她在哪里错过了他?他们原本有过很多的机会的。果儿,又会拥有怎样的人生?

布 鲁 吉

　　纽约是我居住过好些年的一个城市。那时候朋友甚多，其中给我印象最深的是个法泰混血儿。周日，我常常和她，布鲁吉，在 80 多街西面的一个餐馆里吃早中餐。我点我的三文鱼亨利蛋，她则喜欢巧克力馅饼，饼的周边上镶着一圈蓝莓。我们常常点鲜榨果汁，我喜胡萝卜，她爱芒果，有时我们共享一杯木瓜汁。

　　她有一张棕色的面孔，皮肤光滑如丝，有着长而直的睫毛，不是接种出来的那种。她喜欢坐在靠窗口的阳光下，水一般宁静。听着你唠唠叨叨的叙述，偶尔眨一下眼睛，轻轻端出自己的见解。她眼睛的颜色和形状，总让我想起在法国的郊区吃过的一串黑葡萄。

　　布鲁吉的母亲年轻时是个美丽的法国姑娘，曾经是法航的空姐。在一次去东方的旅途中，十八岁的她结识了一个皮肤黝黑的泰国男人,高大、健硕。他的吻结实有力,嘴里带着一种木瓜的甜味。他长她五岁,他们在飞机上相爱了。那个泰国男人在巴黎住了一阵,耐心地等待她的休息日。几个月后,他们结婚了。布鲁吉的母亲无视父母诧异和担忧的目光,毫不迟疑地跟他去了泰国。

布鲁吉的父亲是个富家子弟,婚后依然不改吃喝嫖赌的本性。在布鲁吉近一岁的时候,布鲁吉的妈妈把她托付给了她的爷爷和奶奶。布鲁吉的母亲深深地信任他们。

布鲁吉在祖父和祖母的呵护下长大,热爱诗歌和绘画。我至今记得她写过的一些诗句:

祖母家的窗几乎和屋顶一样高,
太阳时常来光顾,
总被看成是佛的影子。
从我丰硕的乳房里,
我闻到母爱。
不断找着传说中的父爱。

我们家吃的米是雪白的,
用人们则长得很黑,

他们的鞋子下常常发出有节奏的响动，

那是我童年里的音乐。

街头，一只母狗在挣扎，

躯体的颤动，牙齿的磨砺，窒息前的哀求。

"Thwack，Thwack，Thwack."

男人们笑着征服了母狗，

血水一直淌到我的脚下，

染红了我的脚趾甲。

Thwack，Thwack，Thwack，那是我童年里的另

一种声音。

  布鲁吉十分寡言，似乎更喜欢倾听别人的故事。当
她偶尔说起自己的身世，眼神平静。她不曾见过自己的
生父。父亲在母亲离开的时候，搬去了其他城市，拿走一
大笔钱。有人说他开酒吧了，也有人说他一直在找更多、
更年轻的女人。

  布鲁吉十二岁的时候，母亲到泰国寻她。面对那个
衬衣上绣着几朵小花、眼皮松弛，比自己矮半个头的女
人，布鲁吉皱起眉头。她不清楚怎么称呼这个女人才是
合适的。母亲对她说："请你原谅。那时候如果我不离开

你的父亲,那么我会把自己勒死。但我确实是欠了你很多,请你原谅我!"布鲁吉冷冷地看着她,似乎在问:你知道我是谁吗?

"我天生喜欢看见亚洲人,喜欢他们的黑眼睛里的亮光。我总是希望能够帮助他们。"数年后,当我在巴黎第一次见到布鲁吉的母亲时,她那么对我说。我们在她和她的第三任丈夫的家里共进午餐。布鲁吉的母亲只向进城的农民买他们自己饲养的鸡。她把个头不大的鸡切碎,放进烤箱里。当鸡肉半熟的时候,她把烤盘里的油倒了一半到杯子里,放到冰箱里存了起来。后来她把杯中的脂肪层抽取出来,把剩下的鸡汁浇在一个装素菜的碗里。她做的鸡块酥香鲜美,难怪布鲁吉对肯德基的鸡腿总不屑一顾了。

布鲁吉母亲的家离香榭丽舍大街不远,她显然有着收藏艺术品和古董家具的嗜好。客厅显得有些拥挤,和布鲁吉在中央公园不远的那个摆设简单而雅致的房间形成明显的反差。她的第三任老公让无言地看着我们,突然插言道:"其实,她并不真正了解东方人。她当年付出的情感是有些盲目的。"她瞪了让一眼,不太客气地问他是不是该去睡午觉了?让那天晚上要出席一个国际画展的开幕式,让听话地去了卧室。

"我并不是没有能力资助布鲁吉。"她的语气略显沉重，"但我不能纵她。我要她自己去奋斗，吃点苦头，练出一种坚韧的个性。像我年轻时经历的那样，不然人生就没有意义。"她的眼角皱纹密集，和她五十多岁的年龄不甚相称。她的脖子散发着一股兰蔻香。

布鲁吉的母亲告诉我，布鲁吉十二岁多的时候搬到巴黎，和她以及她的第二任丈夫彼得住在一起。彼得来自俄罗斯，通晓五种文字，曾经担任联合国的翻译官。至于她的母亲为什么和这个人结婚，布鲁吉不曾问过。继父是个酗酒者，这是她给继父的第一个定义。他有时魅力四射，随口朗诵普希金或屠格涅夫的诗，或说着丰富的也是热切的话语；有时却咆哮着，提着伏特加的酒瓶扑向她的母亲，踢她的腰部，用法语发出一叠诅咒。

有一天，彼得和她的母亲起了争执。彼得用一把刀把一个书桌劈了。布鲁吉和母亲跪在地上，一起颤抖。

十三岁那年，布鲁吉开始逃学、抽烟，和男孩子们站在地铁口上谈论一些时尚的话题，也学会了用法语骂脏话。她当过广告员、模特、女招待，以及跟陌生男人在电话上聊天的接线员。她不断地接那些工作，又不断地放弃那些工作，继续寻找下一个"港口"。有一段时间她刻意去贫民窟生活，说要体尝他们的心灵感受。母亲曾在贫民窟里找到她,求她搬回家去住。布鲁吉则把背对着母亲。十七岁那年,布鲁吉的生父过世。据说他挥霍了所有的财产,一丝不挂地死在一间茅屋里。如果他有过人生目标,那就是将爹娘留下的遗产挥霍一空。犹豫良久,布鲁吉还是背起双肩包去了泰国。面对安放着生父的棺材,她和同父异母的妹妹相拥而泣。她没有恨过他,有时候她试图画出他的面孔,却一直没有成功过。

在离开她祖父旧宅不远的街头,她撞到一个留着胡子的西洋男人。当她看见他的时候,他已注视了她多时。布鲁吉扭过头去,离开了这个陌生的美国人。第二天的黄昏,他们在同一条街上不期而遇,未曾问过彼此的名字便热烈地接吻。他们相处了近一周,并一起参拜了当地的几个佛堂。美国男人决定要皈依信佛。她替他找到了当地的法师,给他举行仪式。

几天后,这个叫艾迪的男人决定和布鲁吉结婚,而后带她去美国永久性定居。他的父母曾经是好莱坞的知名演员,他们给艾迪留下一笔财产。在夏威夷,布鲁吉几乎与世隔绝,过起金丝鸟般的日子。她每天对着一本自学教程,学习中国画。那六年她画过很多的孔雀。他们几乎每天做爱。有的时候,她用笔蘸着颜料,把孔雀蓝涂在他的背上。

徙

"艾迪,我有点厌倦这里了,每天我们都进行着一样的内容。我很想去纽约生活。"有一天,她这么告诉他。

艾迪问她为什么厌倦,是不是他对她不够好?

她说:"你对我够好,但我长大了,你却一点没变。你都不让我告诉别人这里的地址,我像是被绳子绑住了,永远不会成长。"

艾迪很悲哀,给了她一点盘缠,让她到纽约去体验新的生活。

布鲁吉在纽约第六大道的东面找到了一份店员的工作,店主是个做服装的单身法国女人。布鲁吉的细心和与众不同的品位,替店主招徕不少的生意。正是在那家小服装店,我认识了我的朋友布鲁吉。她布置的橱窗既时尚,又具有古典美,把我和一个美国女友吸引了进去。是她第一个对我说:淡绿的、极薄的丝质裙子很衬东方女子的气质!

有一天我约了她在哥伦比亚大学的数学图书馆见面,这里的桌凳很是古老。"我不敢相信你可以整天这么念书,这样会让你的灵气全都跑光的。"她说,"我真的很不喜欢学校。"

我说:"校园是块与世无争的净地,在这里我感到了恬淡和自由,至少在看书的时候是那种感觉。我很想一

布 鲁 吉

直上学，不太想毕业。"

"好吧。我尊重你上学的自由。"她的笑永远那么难解读，保持着某种含蓄。

我们渐渐成为比较亲密的朋友，会在周末寻找对方。但即使找不到她，我不会觉得特别失望，布鲁吉不是个周末在家里等电话的女人。她有个她很在乎的男友，出生于日本，是个在演艺圈挣扎着的青年演员。我看过他的两部片子，演的都是会拳击或武功的男二号，觉得他收放自如，未来也许会成为明星。

那时，布鲁吉母亲的第二任丈夫彼得因酗酒过度，得了肝硬化后身亡。她的母亲嫁给了彼得生前的同事，一个本分的法国男人——让。母亲常常和布鲁吉通电话，她为女儿能独立谋生而高兴，但极不喜欢她的男友。布鲁吉不以为然，她说母亲和让的结合不过是因为对方有丰厚的退休金，她对他没有爱情，他们甚至缺乏共同的语言。她的母亲也承认，有时她很思念彼得那种疯狂的才情。

但她不喜欢布鲁吉的男友，觉得他不够稳重。

有一天，布鲁吉突然拿着一张四页开报纸找到我，说纽约的东村有个亚裔写作俱乐部在招收想学小说写作的新生，问我是否感兴趣？我当时已经在哥大上原创写作班，但觉得能有跟亚裔作家互动的机会更令人兴奋，马上

徙

拥抱了她。我俩都递交了自己的短篇习作,很快便被"组织"录取了。这个班只在晚间开课,教我们写作的是个有中国和越南血统的长辫子男生,大约二十七八岁的样子。他叫闻生,个头很高,背略有点驼,眉目清秀。他说自己是哥伦比亚大学的博士生兼医生,已经在一个比较权威的杂志《纽约客》上发过一个短篇小说。布鲁吉向他投去长长的一瞥。那一刻我想,如果布鲁吉能喜欢上闻生,那该是个多么有趣的故事。

课堂上,学生们只是朗读自己的小说或诗歌,其他的学生会对作者们提出直率的批评。闻生是害羞的,但评论起来却是非常直率的。比如,他说我写的小说对故事的背景交代不够明确,容易导致读者对小说的理解产生误差。布鲁吉则说,这也是一种写法,就是让读者去猜作者的本意到底是什么。我点头说:"小说没必要把背景交代得很清楚,可以刻意隐晦。"可怜的闻生脸上露出窘迫,他挠头道:"你们都这样认为,我就不再说什么了。反正我们不过是在讨论罢了。"布鲁吉说喜欢看到他的窘样。

据说布鲁吉和闻生曾经约会过一次。他们在曼哈顿的下城走了很长一段时间。布鲁吉提出一起去吃碗牛肉面。他们在中国城的一家越南店里坐下,闻生全身肌肉紧张,都不敢看布鲁吉一眼。布鲁吉顿觉无趣,当她把面上的牛腩吃完,便说自己胃不舒服,想早点回家。

在后来的原创课上,闻生看她的目光很不自然。她决定不再和我们一起讨论写小说,又继续跟一个来自夏威夷的老年男子画孔雀。

过了些时日,布鲁吉带着忧郁的神情在学校的数学图书馆里找到了我。她问我为什么要在这么一个陈旧的图书馆看书写字?我说,我喜欢有坡度的旧桌面,还喜欢那群在周末才陆陆续续出现的老教授。他们都年近八十岁,走过的时候,肩胛骨会发出珠算盘上的珠子移动的响声。

布鲁吉笑了:"你真是个奇怪的女子。"

她说自己怀孕了,那个当演员的日本男朋友跑了。她想把孩子生下来,却又举棋不定,要我帮她找一位心理医生。我通过一个老师帮她联络了一个意大利裔的心理医生。那个医生和她谈了三次,说她目前的精神状态不适合做母亲,主张她打胎。布鲁吉愤怒地炒了他的鱿鱼。"他有什么权利告诉我怎么做!"她愤愤地说。

有一段时间,我们联系不上。通过那家服装店的店主,我知道她做了人流,不太想见任何人。她没有回我的电话。一年后,她寄给我一封手书的信,惜墨如金。只提起自己失业了,说她正在尝试设计并制作女式手提包,制

徙

作部分在泰国完成。

我们在纽约下城的华盛顿广场会面,晒了一下午的太阳,没有深语,只是寒暄,阳光却一直洒到心底。

我从哥伦比亚大学毕业后,布鲁吉请我到位于布鲁克林的湖边餐厅吃早中饭。我们都要了鹅肝、龙虾和一个绿菜色拉。窗外,曼哈顿的天际线让人有点着迷,但还是提不起我们的心情。

"保持联系。"这是我们留给彼此的话语。

我离开纽约后,在不同的城市居住过,我丢失了她的手机号码。

我曾去过她工作过的那家店。店主已易,橱窗变了,风格与之前迥异。这让我疯狂地想布鲁吉。

不记得布鲁吉曾否开怀笑过,她的笑神经似乎有点迟钝。你能感觉到她的笑意,但总是为看不到一朵花的绽放而心有不甘。

我常回想起的一个场景,是在一个冬天的晚上,我们临时决定去看电影。在等公交车的时候,已发现时间有点紧,等我们上了车后才知道搞错了方向。布鲁吉向司机询问是否能早点下车,司机说,快到终点了,他可以掉个头,送我们去一个离戏院比较近的一个车站。我们下来后,发现一个公交车刚好离站。"跑,我们能追上!"她说。两条修长的腿绸缎一般地在夜里舞动,浅淡的酒窝如旧。

由于其他的原因,我最近打开一个被忘却很久的旧邮箱,看见了布鲁吉的一长串邮件,眼睛微微发潮。她有了不少的改变,她独立了,做着一些自己设计的女式拎包和礼品盒子。我看了她的网页,她设计的一个款式已经打入纽约的一个名店。绿色的那款是丝绸做的,上面标着淡雅而飘逸的孔雀。透过这个图案,我看见她那静谧的神态,绿色的裙子罩着她修长的身材。这些年,她还在画那些孔雀吗?

我知道她结婚了,和一个法国男人过着。他是个记者,曾去利比亚工作过一段时间。他们没有孩子,过着很踏实的日子。

"听着,女孩,人的日子可以这样过的。我们不一定要成功,但一定是在做着什么。我们在圣诞节前见一次吧!"布鲁吉在电话上说。

徙

巴 黎 之 吻

在从纽约飞往巴黎的飞机上,匡米有几分伤感。伤感的是她终究失去了大卫,并正在离开纽约。大卫好像成为纽约的一个拟人化的标记,既给过她期待,又在她心头留下了冷酷,她总感到自己对大卫来说不够优秀。匡米在情感上是个被动的人,她似乎已习惯了由对方来中断恋爱关系,但她的心似乎永远在期待。

过了两小时,乘务员们端来了让匡米略为惊喜的巴基斯坦晚餐:土豆咖喱鸡,非常合她的口味。她靠窗而坐,身边坐的是一个巴基斯坦妇女,在那中年妇女旁是个七八岁的孩子。那个妇女嫌机舱里冷,披了飞机上备用的小毯子,但还是嫌坐得不舒服,一个劲儿地在动弹着。匡米顿时也不舒服起来,但又不便说什么。匡米想,还是写点什么,强迫自己转移注意力吧。她一直想写一个关于父亲和母亲的剧本。她想用一种纪实和模拟相结合的手法,她希望母亲有一天能面对她的摄像头,讲述一点对她的生父爱恨交加的复杂情感和对在纽约当"低等公民"的感受。她想,这一类关于边缘人的题材大概很难得到资助,所以考虑自己用小型摄影机来拍摄。在当学生时,她修过摄影课,也给大卫拍的片子当过助手,对安排和调整镜头是有经验的。这么想着,她拿出纸笔,写了一个大纲。那难熬的飞行时间也就悄悄离她而去了。写得累了,她闭上眼睛,遐想起来。她多数的美国友人或信基督或信犹太教。她信什么?不知道。但冥冥中感到是有一股力量在推着她往前走。而那种力量是从哪里来的?是源于电影这个行当对她的吸引力,还是一种不向生活屈服的个性?她没花两小时便写了二十页。那时,巴基斯坦航空公司的乘务员已开始通知他们填入境法国的单子了。

飞机约在早上 8 点抵达。匡米先从戴高乐机场坐了大巴到巴黎市区,然后又坐地铁到了朋友帮她安排好的巴黎第 13 区。通过网络,她在那儿预租了一个面积很小的房间,兼带一个小厨房。进屋之后,她放下行李,匆匆洗了个澡。然后她把行李箱里的衣物整理了一番,便想出去逛一下巴黎。

徙

虽然她觉得有点头晕，但对初遇的巴黎，她即使是晕到云里雾里，也是要去观察的。她先在离她住地较近的商店买了个诱人的小甜糕点充饥，然后不怎么费事地找到了地铁站，并随手拿了一份地铁交通图。她最先想去的是"巴黎圣母院"，因为小时候她看过的那个叫《巴黎圣母院》的电影给她印象实在太深了，她喜欢像"卡西莫多"那样的人物。她仿佛有一种使命感，不去就是对不起自己。那天正好是星期天。

在教堂门口，她遇见一个和她一样在独游的东方男子，看上去约是二十八九岁的样子，匡米便用法语问他是不是随时可以进巴黎圣母院去看看。他向她打招呼时说的是法语，当他发现匡米的法语不太流畅时，他便说起了英语，带有明显的伦敦口音。他礼貌地告诉匡米教堂大约在 10 点 30 分才开始接待观光客。

他们便在教堂门口长聊起来了。他爽快地告诉匡米自己是个在毛里求斯长大的华人。他少年时代来法国求学，并读了医学院。目前，他在离巴黎不远的一个中等城市里昂当住院医生。匡米对一下飞机就遇见一位华人，他的个性热情而温和，感觉十分幸运。她初来乍到，很渴望有个和她说话的人，所以，他们立刻成为朋友了。他的名字叫荷龙（法文 Roland 的译音），他很热心地先帮匡米在教堂门口照了相。然后两人说定结伴同游一天。

他们一直等到 10 点 30 分，在唱诗班的歌声中和管风琴的回音中，紧闭着的教堂大门打开了。年长的红衣主教和一位年轻的白衣教士走进大厅，身后跟着八位教士，身着教服，手持红烛和绿叶。主教诵着祷文，声音富有感染力。匡米能听懂一些他的演讲，在那一刻她有点想成为一名教徒。

从教堂出来，匡米说要去看向往已久的埃菲尔铁塔，荷龙便带着她换了地铁去看埃菲尔铁塔。匡米这才发现，在巴黎坐地铁，不像在纽约那么累，地铁班次很多，人们也不那么你拥我挤的。她和新朋友荷龙在地铁上又作了交谈。匡米告诉他，自己是学电影的。她在巴黎的主要"使命"是帮助蓬皮杜艺术中心办一个中国 20 世纪三四十年代的电影展。荷龙听后，眼中露出热切的光。他说他也爱电影，在法国看过很多名作，但他从没想过要玩电影。他住在里昂，在他的眼里，里昂是一个富有而冷漠的，充斥着中产阶级的城市。在那里，孤独的他经常感到被歧视。匡米的出现，让他在黑暗中看到一线光明。当他们走出埃菲尔铁塔地铁站，看到在夜幕下闪亮的埃菲尔铁塔，有惊艳的感觉。可能是由于时差的关系，匡米有点累了，于是他们决定不去登塔了，随意地走到附近的桥上,任塞纳河畔的风吹到他们的身上,并观赏着两岸的夜色。匡米想起大卫曾经告诉过她,幼年时他的父亲曾经带他来过这里坐船。匡米当时很想和大卫能手挽手地在岸边散步。她朝荷龙看了一眼,心里生出一丝悲哀。

没过几天,匡米就非常热情地投入了工作。对于20世纪三四十年代的中国电影,匡米有点痴迷。特别是对当时的学院派导演孙瑜的作品崇尚之至。让匡米痴迷的是他影片中那种朴实的浪漫和若隐若现的"空想社会主义色彩",以及使用镜头的诗意感。匡米在为影展选片方面,明显地偏向于女性个性解放的主题。她选的这个基调得到了影展的法国女上司的认同。她们最后选择的名单里有:《野玫瑰》《小玩意》《大路》和《马路天使》。这个影展虽是小型的,但孙瑜和蔡楚生等导演的特殊风格给艺术品位甚高的法国观众带来了惊喜。匡米的新朋友荷龙,因为从小在毛里求斯长大,还从未见过这等水准的中国电影。虽然他的身上流着中国人的血,但对中国文化几乎一无所知。他不善言辞,在看过影展之后,只是重复地告诉匡米那些电影让他太震惊了。他还说,在这之前,他不知道生活可以是这样的。这番话对匡米是莫大的鼓励。

匡米告诉他,自己在做完这个影展之后,想尝试一下在法国电影里当个小演员，哪怕是演个卖鲜花的女孩。荷龙说："你很有镜头感，特别是在你思考的时刻，你好像漠视身边的一切。那时候我就觉得像在看电影里的人。"他特别喜欢她偶尔间露出的不经意的微笑。荷龙知道那些笑多是与他无关的，但他刻意去解读她的笑。他希望有一天用自己的笔把那种笑画下来，但又觉得没必要。因为她就是一张画！

　　在办完影展后，匡米把在法国的工作签证延长了一年，她又在巴黎的一个电影史学馆找了份工作。周五那天，她突然打电话给在里昂的荷龙，问他有没有兴致陪她游一下圣心教堂？荷龙马上同意了。他们一起坐地铁前往蒙马特高地，然后再乘汽车。汽车通往蒙马特高地顶部的每条街道都倾斜着，荷龙很想把那些街道画下来。到了目的地，匡米由荷龙带领，沿着斜坡一直走到底，然后左拐。拐弯的时候匡米发现，原来这高地中央的陡峭处，出现了台阶而不是斜坡了。他们一鼓作气地爬了上去。等看到教堂的时候，匡米的视野一下开阔起来，转身鸟瞰，下面就是整个巴黎！匡米看到了蓬皮杜艺术中心和巴黎圣母院，也看到了巴黎无数个形状各异的宫殿。她想，巴黎真是不可思议，即使一辈子住在这里，也未必能读得懂它的全部含义！

匡米觉得她眼前的圣心教堂看着有点像美国的白宫。就在这个时刻，教堂里那祥和的钟声突然响起。匡米感到那钟声似乎携着她的灵魂一起升腾了。她回过头来看荷龙，却没有在他的脸上发现兴奋的表情，便有点扫兴。

出了教堂后，他们就加入其他的游客群中，坐在台阶上远眺巴黎。荷龙把自带的望远镜给了匡米，看着她眺望巴黎的样子。那天荷龙好像有什么心思，一直都默不作声。匡米则一直沉浸在一种兴奋的情绪中。过了一会，他们开始往教堂右侧走，一眼看到了街头画家的聚集区。那些画家们，或打量着旅客们，指着自己的代表画作兜生意，或正在为顾客认真画像。匡米看到一种在灰卡纸上用铅笔勾勒轮廓的画法。她看到一个已经被画了漫画像的欧洲男孩，大约十一二岁的样子。男孩抖着他的双脚，趁画师不注意的间歇溜走了，画师只能用手势向匡米表示出他的愤怒。匡米为他遗憾，但同时又喜欢小男孩的无比俏皮。这孩子真该去拍电影啊！

不知不觉，黑夜降临，他们便走下坡去吃饭。匡米问他想吃什么，荷龙想了半天，说自己其实吃什么都不在乎。最后他们决定去一家意大利餐厅用餐。等到在幽暗的灯光下坐定看菜单的时候，匡米才注意到荷龙略显呆滞的眼神。在匡米眼里，荷龙像个大哥哥那么亲切。他们每隔几周在巴黎见面，不是逛街、看景，就是参观一些展览馆。匡米对他们的未来不曾仔细想过。她不知道自己能在法国待多久，更不太愿意就这样轻易地从一个男人的身体移向另一个男人的身体。大卫在她的心上留下了伤痛，她希望自己能平静地、独立地过一段时间。荷龙虽然对匡米极好，却是很谦谦君子的那种好。匡米对他们这种淡淡如水的相处方式感到舒服。不过，荷龙今天显露出来的阴郁令她很吃惊，也很担忧，追问几次，荷龙都难以启齿。最后他低声说，自己十分羡慕她，但他以后大概不能再陪她玩了，但又没告诉她是为什么。在晚餐结束的时候，匡米的心头堵得慌。当走出餐馆之后，她勇敢地拥抱了他一下，还在他的面颊上吻了一下。这个突然的举动把他吓了一跳。惊吓之余，他把手缓缓地抚摸了一下匡米的下巴，用法语告诉她：自己前几天被查出"HIV"阳性。他还问她知不知道那意味着什么？

匡米不知所措地呆望了他一阵。以前她好像一直没有认真打量过他的脸，现在似乎找到了一个机会。荷龙乍看有点像马来西亚人，肤色棕黄，他的眼睛和头发是乌黑的。匡米觉得，他那双眼睛里偶然间冒出的火花是在很多人的眼睛里所看不到的。他的眼睛不算大，但放电量足。他们离开了餐馆,一起在黑暗中漫步,两人都默默无语。后来,走到了地铁站,他还是很绅士地一直把她送回了家。临分手时,两人没有约何时再见,不过,匡米还是主动地拥抱了他。

这以后,他们大约有一个月没见面。匡米每天忙于工作,也开始在晚上念一些法文版的小说。当她刚拿起《悲惨世界》读的时候,只能挑一些她很熟悉的章节来读。尽管是半看半猜的,她再次被男主人公冉·阿让的命运和他特有的宽容和正直所打动。世界上有这么高尚的人吗?她读着读着,又想到荷龙。她想,在初到法国的孤独的日子里,荷龙用一种很含蓄的方式给了她一个法国式的拥抱。可是,为什么就是这个看着很安全的男人被传染上了艾滋病毒呢?

在纽约住了不少日子的匡米已经知道,科学家们对艾滋病研究有了重大突破,艾滋病已经不算是不治之症了。所以她自慰地想,这位不幸的新朋友应该不会有生命危险。不过,她想知道他是怎么得病的?是在认识她之前还是之后?他是不是一直都有个女朋友而没有告诉她,所以他们从见面开始,定下的就是一份兄妹的缘分?在短短的六个月内,荷龙给了她安全感。那么她应该如何来回报,即便就是对一个普通的异性朋友?匡米忍住了没有和他联系,因为她明白人在茫然的时候,需要独处而不被骚扰。像艾滋病这种事对匡米来说并不新鲜。以前,在她所熟悉的那个纽约艺术小圈子里,得艾滋病的就不乏其人。早些年,因为医药方面的研究尚未成熟,有几个她认识的朋友不幸离世。她有一对男同性恋的朋友。他们曾像认真的人生伴侣那样在布鲁克林区同居了十五年。后来其中一位年轻的被查出携带病毒,而那个年长的伴侣没有带病毒。那位年长的就一直照料着年轻的伴侣,一直到年轻的伴侣在他的怀中逝世。匡米觉得有些同性恋者之间的恋情好像比异性恋者更激情些。也许是因为他们在一起更多是出于感情上的选择,而不是迫于社会的期望或来自家庭的压力。

大约一个多月之后,匡米收到了荷龙的一张明信片,上面展示的是法国里昂老街的一片 14 世纪建的房子。背后用法语写着:"这就是生活。"

匡米看了不解其意,但大致猜到他的心情好转了,或者接受了他携带 HIV 病毒的事实。于是,她和他通了电话。电话那头的他似乎是平静的。他们先聊了些不着边际的俗话,然后,荷龙邀请匡米去里昂玩一下。她的情绪高度兴奋起来,在电话上说话的语速也加快了。她告诉他只要她所参加拍摄的一部电影做完就一定会去看他

的。除去电影馆的工作之外,匡米还当起了临时演员,演的通常都是些没几句台词的小角色。但这一次,她要拍一个法国知名导演的戏。匡米演一个从上海到巴黎来讨生活、当模特的女子。匡米在巴黎也认识一两个模特,就和她们聊。当时她们在法国的发展前景尚不明朗,心情有点郁闷。她们住的多是五六平方米的房间,每天吃的就是面包加牛奶,还因为怕体重上涨不敢加果酱,在没活干的时候甚至会饿肚子。有活计的时候,干得极累。有时她们如机器人般把一些带有浓烈异味的服装往身上套,然后在粗暴的叫声中被催着上台。她们的心底有一种不被尊重的感觉。

为了让自己在电影中有称职的表现,匡米决定自选服装。她从朋友那儿打听到几家跳蚤市场,便逛了一下。她最钟情的是蓬皮杜艺术中心附近的那家商店。选购衣服一般要花到一小时以上,才能从那凌乱的衣物堆里,找到她要的样式。她终于选到一件白的底色上带一层鹅黄色的连衣裙,丝质极薄,有飘逸感。她拿出自己身边仅有的四百法郎把它买下来了。回家后,她对着同是从跳蚤市场上买来的略有破碎的穿衣镜一照,发现自己的曲线略显凹凸,看着有些性感。也许是因为她这几日吃得少,又急着要补法语,适应工作,匡米明显地瘦了,连曾经令她自卑的腰围也变窄了。这倒使得她对演模特有了一份自信。那部电影讲的是一个富商家的千金小姐和一个流浪汉之间的爱情故事。匡米演一个跟那个流浪汉有过一夜情的女子。让匡米感到难受的是,导演命令她必须激情亲吻那个"流浪汉"。但她很不喜欢那个演员的个性。当她的唇碰到他的嘴巴,她有一种恶心的感觉。但她还是控制了自己。

拍摄结束后,匡米开始思考,像她父母那样的人算不算社会边缘人? 如果她来拍应该用什么样的风格? 如果能请母亲入镜,加上父亲的一些旧照和一些旁白,再插入一些和那些年代有关的历史性片花,也许那就成为一个艺术小电影了。

里昂是法国东南部的一个城市,富有且充满小资情调,但对外来者的态度是出名的冷漠。据说要等当地的法国人请你到他家做客,要等两到三年的时间。荷龙的工作场所是一个比较特殊的地方。同事们都来自不同国家,大多数的雇员们都说英文。那是一个环境优雅而舒适,工作压力也尚可承受的科研场所。每天,大家 9 点到,9 点 30 分到 10 点间去顶楼的食堂吃早餐;午餐时间约两小时;下午 4 点许,年轻人们又相约在食堂喝咖啡。到了 5 点 30 分,办公室里便空无一人。

徙

荷龙在里昂已居住了十二年。那十二年中他基本上是作为一个个体生存着。那里的华人很少，而像他那样在法国受了高等教育又不会讲中文的华人后裔几乎绝无仅有。荷龙从里昂的医学院毕业后，有很长时间找不到工作，但因为他通晓英语和法语，便在世界卫生组织属下的一个科研部门找到一个科技翻译的职位。那个部门里，有不少女孩来自欧洲各国。这期间，荷龙爱上了一位红头发的意大利女孩。她长得十分瘦，小巧玲珑，一张巴掌脸十分惹人怜爱，鼻子上带几点雀斑。她也是荷龙喜欢过的第一个女人。当荷龙在那个研究所当翻译的时候，她在同一个研究所做生物统计员。因为大家都来自异国他乡，对友情格外渴望。而这个研究所男少女多，经常出现几个女孩抢一个男孩的现象。有一位来自英国的小伙子，有很强的科研实力，模样周正，于是，研究所里出现了八女争一男的局面，那个意大利女孩也是"参赛者"之一。不过，她的身材过于瘦小，率先出局了。她当时那种魂不守舍的状态引起了荷龙的怜悯。荷龙开始约她一起吃中饭。一般来说，那帮年轻人中如果有一对经常在一起吃饭，那便是两人相爱的讯号。即便不是真的，人们也会那么猜。后来，荷龙和她开始了晚间的约会，从偶尔到频繁。是她，使荷龙有了他的第一次性经验。她教会了他一些性常识和谈爱的表达语。相处几个月后,她提出了跟他分手。主要理由是她的情绪还不够稳定,心思不能集中在荷龙身上。她说在和他做爱时,心里想的是另外一个男人。荷龙忍住心头的耻辱感,和她友好地分手了。后来,她又几次回到他身边,继续和他做爱。敏感的荷龙还是感觉不到她的爱,他感到自己还是"被用着"。他们继续做了一年情侣之后还是分开了。

和那位意大利女郎分手不久,荷龙在巴黎遇见了匡米。因为被伤害过,又明确地知道匡米很有可能回美国,他不敢有什么奢望。他只想尽一个东道主的责任陪她在法国开心地玩几个地方,能见几次就几次。在内心,他深深被她吸引,因为她不符合他见过的任何一种被社会设定的模式。匡米似乎并不刻意追求结果,更愿意尝试一个也许会把她引向光明的过程。荷龙想过要鼓起勇气至少告诉她自己喜欢她,但每次都做不到,因为他害怕吓跑了她。就在前几天,他接到了那位意大利女郎的电话,告诉他自己得了艾滋病,让他赶快去检查一下。于是,荷龙便知道了他也不幸被传染了。

秋末的时候,匡米坐了快速列车来到里昂,忐忑不安的荷龙到车站来接她。关于荷龙和那位红头发的意大利女子之间的故事,荷龙是以一篇英语小说来向匡米表达的,因为有些事情说出来对他特别艰难。匡米看完小说,被他的凛冽的文字所打动,深为荷龙的不幸而悲哀。一个完全有权利享受幸福的男人受到这样一个深重的打击,她能对他说些什么呢?

匡米和他之间是有某种默契的。见面后,他们都不讨论他的病情。匡米只能在里昂玩一天,荷龙决定带她到他最欣赏的老城转转。老城内有许多古式的旧宅,其建筑构造上的精雕细刻不亚于巴黎建筑的水准。逛了街景之后,匡米又兴致勃勃地提议徒步登上里昂老城那个山顶的观望台。荷龙告诉她可以坐缆车,可她偏要步行。荷龙拗不过她,只得同意了,但告诫她走慢一点,行程还是蛮长的。走了一阵,匡米感觉有点累了,但因为是自己提议的,还硬着头皮往山上走。后来又嫌新买的鞋子挤压脚趾头,干脆把鞋脱了,光脚往上攀。荷龙看着她那任性的样子,不由得笑出声来。其实他也精疲力乏,但不肯认输,依然陪着匡米向上走。两人都明白对方想的是什么,渐渐地又放慢了脚步。大约三小时后,顶峰到了。他们居高临下地看了里昂的全景。荷龙又告诉她,里昂有两条河流穿城而过,索恩河右岸是他们刚游览过的老城区,左岸夹着隆河的地方是新城区。他指给匡米看他每天上班的那个高楼。

晚上,他们一起吃了顿法国餐。里昂人骄傲地认为他们的地方特色才是正宗的法国菜。两人都要了色拉。点正餐时,匡米图新鲜要了兔子肉,荷龙要了田鸡肉,是用黄油煮的那种。餐后,两人又点了冰激凌,是带烈酒味道的那种。

到了10点左右,匡米说太晚了,自己干脆就找个旅馆住下,明天一早去火车站。荷龙说自己的室友刚好不在,匡米可以用他的床或者用客厅的沙发。匡米同意了。荷龙住的小公寓十分简洁,唯一的摆设就是客厅里的一个很有现代色彩的多层面书架,上面放着很多书,还有荷龙家的一张全家福的照片,和几个绿色的玻璃瓶子。那天玩得太累了。荷龙给自己的床换上了新的床单,让匡米先休息,自己则睡在沙发上。第二天,荷龙先起来烤了面包,并煮了很香的咖啡,两人一同进了早餐,然后,荷龙便带着匡米直奔火车站。在去车站的路上,荷龙告诉匡米,自己正在积极治疗艾滋病。幸好在法国施行全民健康保险制,所有的医疗都是免费的。他也参加了一些由艾滋病人组成的相互支持的团体,在那里,他交了几个法国朋友,他们对他十分关心,常常联络他一起聚会。匡米听了很欣慰。他们到了车站,在分手的时刻,他们在对方的面颊上各亲了两下。匡米问:"下次我还能看见你吗?"

他笑了一下,用手背抚摸了一下她的面颊。

火车上,匡米在她的笔记本里写道:人的感情是奇怪的。有时候你对自己琢磨不透,对一个在你的生命里的某个瞬间和你对视一眼的人不知道该有什么样的反应。可由于一场灾难,一个事故,或者某个牵动心弦的生活细节,你的心突然被震撼了,你会做出让自己十分吃惊的事情。匡米开始问自己:为什么不能爱他?人为什么总希望他的恋人是完美的?当走在路上的是个缺了耳朵的人,身后的人为什么便会窃窃私语?所谓的正常和不正常究竟是由谁来定义的?她就是想他了,为什么要想那么多,那么急切地"保护自己"?为什么不敢跟他说"我爱上你了"?

匡米从里昂归来之后,控制不住地想荷龙,想他那略带哀伤的神情,他那腼腆的笑。那天晚上,在荷龙给她铺床单的一刻,匡米很感动。当时她有一种想长久地留在那间屋子里的感觉。匡米明白了自己希望有一个人在身边陪伴,她曾经以为在爱过大卫之后不可能再爱了。她对荷龙的爱意始终是朦胧的,可是,也就在知道荷龙向她宣布他染上了艾滋病毒时,她突然对这段缘分产生强烈的兴趣。

她问自己,荷龙到底做错了什么?他只是交友不慎罢了,成为某种病毒的携带者。而她自己,17岁就稀里糊涂地和高中老师发生了越界的关系,也没有用任何安全措施,如果她当时足够不幸的话,也同样可以染上艾滋病或者其他的什么病吧。

在给荷龙的信里,她写道:"诚实地说,就是那天晚上,在我单独睡在你床上的时候,尽管你换了床单,透过那洗衣粉的气味,我还是闻到你了。对,就是你的体味,至少我觉得是。现在突然又感觉到了那种味道,就是忘不了。在我们一起吃早饭的时候,我朦胧地以为,你那里就是我的住家。在你送我去车站的那一刻,我有点不想从你身边走开。"

"你曾说你父母在毛里求斯是个大户,你的曾祖父是个出生于广东的水手,漂洋过海到了毛里求斯。你的祖父开了一个中国餐馆。你的父亲则上了英国的一个很好的商学院,成为一个商人,是当地的华人社区的领袖。母亲是极贤惠的,亲手给你缝衣服。他们经常向你提起你的婚事,还曾经逼你和同村的一个女孩结婚。以你的倔强,你是不会屈从那种家庭安排的婚姻的。很小的时候,你就知道父母教育你的方式是可怕的。他们以他们的方式对你好,你却不领情。你太明白自己的心不属于那个岛国,你更不喜欢在父母给你限定的格子里面乖乖地跳跃。你的心要逃跑,于是你逃到了你崇尚的法国。你品行良好,你能熟练使用他们的语言和文字,而法国人,他们并没有公正地对待你。其实,他们又对谁看得上呢?即使是美国人、日本人、华人,在他们的小眼睛里,又何尝不是被嘲笑的对象呢?其实他们不过是靠老祖宗的财富在那里炫耀自己罢了。可是你却自卑,你为什么和那个不在乎你的意大利女人在一起?为什么没有等?不过,不好意思地说,我的初恋也是糟糕透了的。我也是很早就想从母亲身边逃开的那种人,虽然她也对我极好。可是我不要成为她要我成为的样子,我做不到,我只爱电影。现在我想见到你,想得心跳,睡不着。"

匡米在 12 月的一天给荷龙寄出了一封很长的信。这是她第一次给一个男人写那么长的信。信发出之后,音信全无。匡米开始失眠,要靠服用一种法国制造的安眠药入睡,因为入睡之后她就可以不再想荷龙。而在白天,她总是第一个去办公室,拼命地干活。她周末还兼作临时演员和脸部模特,把自己的一天都排得满满的,因为那样,她可以把对荷龙的思念停一停。周末的时候是最难熬的。这个周末,她没找到活干,便想再去逛逛奥赛博物馆。于是她一早便坐地铁到了博物馆,想细细地欣赏她心目中的那些精品。也许它们会让自己平静。

巴黎之吻
─────

奥赛博物馆以收藏另类艺术品而著名。匡米在电影、文学、音乐，或绘画上总偏爱一些另类的前卫作品。她喜欢这里有大量的凡·高、莫奈和塞尚等画家的作品。她知道他们在当年都是颇受争议的。匡米在凡·高的《自画像》前停留了很长的时间。她为油彩立体的质感和凡·高的画笔痕迹而着迷，她好像能真实地感觉到他的感情。匡米想着自己要是出生在那个年代多好！那一代的艺术家可以随心所欲地在世界上展现自己的个人风格。而如今，想在艺术上创新似乎太难了。在电影上，她能想到的镜头好像都已经在银幕上出现过了。尔后，她又自我安慰地想，如果她能把来自不同电影的镜头重新排序、组合而拍出独特的风格，大概也算一种创新吧！

出了博物馆，她心情不错。突然想，今天是周六啊！好像听荷龙说起过这个月，里昂市会有一个"灯会"。自己为什么不给他一个惊喜，突然出现在他的面前？可如果他不在呢？如果他在医院上夜班呢？如果他忍不住寂寞去看灯火了呢？管他呢，反正她知道他住哪里。找不到就坐在他家的楼梯口等，他总得回家吧！如果他连家也不回，那也许就是今生无缘。她直接赶去了火车站。一路上，看着窗外那些在风中飞舞的叶子和路边上一幢幢在设计上充满个性的房子，她开始构思一个小白屋里的童话,谁说冬天必须是悲哀的呢?

　　下了火车,她记得是要换地铁才能到荷龙的家。匡米凭记忆找到了地铁站,买了张地铁票,却忽略了里昂的地铁站的规矩:乘客要先在票上打个洞,再进站的。她匆匆坐上了那橙色的地铁车,心里开始犹豫是否一出站就给他打个电话。在她犹豫的片刻,一个检票员向她走来,向她要票;她从兜里拿出了那张票给了他。他说这票没打过洞,不算,要罚钱。她当时头一晕,脸也在刹那间变红,发烫;她反复解释,因为从巴黎过来,不懂这里的规矩。在巴黎,你必须在进口时打洞才能进站,在出口前把用过的票塞进一个机器口才能出去的。在里昂,因为进口没有东西阻拦,你一般不会注意到那个橙色的打洞机。匡米仗着自己懂几句法语,便大胆地跟着那位检查大员到了警局。警官先是看了她的身份证,也许是见了她的美国护照,知道是一位二十来岁的女孩,所以就罚了一半的钱:一百二十五法郎。匡米很心疼,那钱本是想用来请荷龙吃饭的呀!以前总是他请她吃饭的。离开了警署,匡米不知该怎么走了,慌乱中向上帝祈祷了几次,还是决定给他打个电话。不知是不是上帝保佑,她听到了他那温文尔雅的声音。对她的突然到来,荷龙惊喜万分,但又有点不知所措。不是没想过也要给匡米一个答复,可年长几岁的他,心里明白这注定是一场无疾而终的恋情。不过,当匡米突然出现在他眼前的一刻,他失去了自制力,他说:"我觉得你是个危险人物。你是不是上帝派来抓我的呢?""抓你?难道你是个魔鬼吗?"她笑得挺不住。

那个晚上他们亲密地在里昂的街上和桥上走,身上仿佛比平时增添了一种豪爽。那是一个灯光灿烂的夜晚,几乎每家里昂人都在自家窗前点起了蜡烛,那样的烛光彻夜不眠。他们整夜未归,不时地在桥上激吻起来。荷龙刻意避开了匡米的嘴唇,只是吻她的面颊、颈部和锁骨。匡米忍不住吻了他的眼睛,虽然他几次想避开她的唇。匡米似乎故意想告诉他,你有那个病我不在乎!

里昂素有"灯光城市"之称,因为几乎在这个月的每个晚上和每座桥上,里昂人点着不息的灯火。老年人走过那些桥,会想起他们的青春往事;中年人走过那些桥,会抛开白日里的烦闷无聊,享受这片刻的宁静;青年人走过那些桥,会忍不住给他们的恋人一个吻,发出令老年人嫉妒的响声。而那天恰恰是一年一度的灯火节。传说中,法国曾盛行瘟疫,里昂市民中至少有一半人丧身。当时的行政长官在索那河桥边修了一座圣母玛丽亚的雕像,希望以此来保佑地方居民的生命。里昂人躲过了瘟疫一劫后,行政长官们便定下规矩,以后在圣母的生日,要提醒市民们点燃白色蜡烛来感谢她。后来,这个灯节便成为一个传统。

他们不记得怎么离开了喧闹的人群,也不知道怎么回的家。只记得他们好像是喝醉了,都乐不可支地笑了。第二天中午,他们在荷龙的床上醒来,都觉得昏昏沉沉地不肯起床。荷龙拉起了被匡米蹬到地上的被子,盖在了她的上身。匡米又朝荷龙的身体靠了靠,用手轻轻地托起他的头,抚摸他的头发。荷龙哼起了一首法文歌《玫瑰色人生》,匡米在上法语课时就学过那个歌,便轻轻地唱和起来:"他的双唇吻我的眼,嘴边掠过他的笑,这就是他最初的形象,那个男人,我属于他。"

匡米觉得她是真实地爱着,虽然心头仍有几分畏惧。可是,当她双手抚摸荷龙身体的时候,有一种爱不释手的感觉,不知是他那匀称的东方男人的身材令人有一种舒适感,还是他的自卑感让匡米有了心理上的强势?大卫的阴影渐渐淡去,未留下一丝痕迹。

这以后,他们继续交往着。每次在分手时总是淡淡的,只说声"祝你好运",但不说"再见"。他们在巴黎、在里昂、在法国更多的城市留下了青春的足迹。他们像平常人一样恋着,但比平常人恋得更细腻。荷龙总是担心他们的交往会对她有伤害的后果，而匡米的坦率和勇敢让他感觉到自己的魅力。匡米似乎已经离不开荷龙。他们之间也有了一种默契，就这么小心翼翼地爱着，相扶相偎着。两年后，荷龙从里昂搬到了巴黎，因为他幸运地找到个相对稳定的医师职位，相信缘分的他认定了这是匡米给他带来的好运，这时他做人的自尊被真正地唤醒了。

他们在埃菲尔铁塔的附近租了个小公寓，总算是有个家了。匡米还在奔波着，寻求每一个和电影有关的机会。荷龙下班后在家里静静地等她。在匡米外出拍电影的时候，他总是帮助匡米把凌乱的书籍、衣物和鞋子收拾干净，做一些清淡的饭菜等她。在一起吃饭的时候，他们习惯了听音乐。悠闲的时候他们最爱的是在大草坪上晒太阳，巴黎多绿呀！相形之下，匡米记忆中的纽约显得苍白。

尽管他们的相处很愉快，匡米却依然悄悄地思念纽约，总觉得她和纽约的缘分还没有结束。她也经常和朋友们联系，时时在等待机会。妈妈最近在匡米给她打电话时提起董伯伯的身体欠佳，可能要住院检查，妈妈心里有些害怕，希望她能回去一下。与此同时，几乎和她失去联系的大卫通过一个朋友打听到了匡米的电子邮箱。他告诉匡米一个消息，纽约一个现代艺术馆在招录一个学

徒

200

历和背景和她相似的人,让匡米赶快去申请。匡米又惊又喜,没有多考虑,把自己的履历投了出去。为了感谢大卫的好意,她鼓起勇气拨通了大卫的手机。

当大卫听出是匡米的声音后,显得很热情,问她是不是喜欢巴黎?匡米老实地承认她很喜欢巴黎,但知道自己在巴黎的发展有限。

"那你就回来吧。反正在巴黎办过影展在你的履历上会是很好的一笔。"大卫用一种鼓励的口吻对她说,同时告诉她,自己已经找到了投资人拍摄他的那部关于母与子的小电影。匡米听了便流下了温馨的泪水,一时竟说不出恭喜的话。僵持了几分钟,大卫对她说了几句抱歉的话。他说当初自己的情绪很差,对分手的做法有些不合理。匡米听了,泪水在眼里转,后来不小心涌了出来。

"你哭啦?"大卫问道,"你恨我,是吗?"

"没有,没有恨你。我替你高兴才哭的。"匡米说。

"匡米,你会走运的。"大卫说,"你是跨文化的,很有个性和潜力。"

"谢谢。"匡米的泪水流得更猛了,然后她突然说,"你想知道吗,我现在和一个东方男人住在一起,他来自一个三万人的岛国,他是一个很好的人。"

巴黎之吻

大卫的声音里透着诧异。"是这样？那你还会回纽约吗？"

"我不知道，要看上帝的意思。他真的给我有个家的感觉。我很需要。"匡米哽咽着说。

"这是好事，小傻瓜。那就听上帝的。等你到了纽约给我一个电话吧。"

他们的对话就这样终止了。匡米知道，她现在已经和大卫成为朋友了，她很欣慰。

几个月后，她收到艺术馆的通知，要她去应聘一个艺术指导的职位。匡米怕荷龙伤心，便一直刻意不提及此事。她爱他，但她知道自己也必须回纽约。

当应聘的日子逼近的时候，她还是说出了实情。荷龙虽然一直都担心匡米有一天会离开，但没想到会那么突如其来。它恰好发生在不该发生的那一刻，也就是他在心理上几乎完全接受了她，几乎有勇气和她提结婚的事情。而现在，他如同一个失败的长跑者，在半途中又被退回到了起点。他第一次对着匡米吼叫起来，说她是个"欺骗者"。那一个晚上荷龙没有睡。最后穿上衣服出了门，说要去外面透透气。

匡米自知有错，但无意为自己辩解。她想，即使是她回了纽约，为什么他们就不能继续这段情呢？后来的几天,匡米试着和他沟通了数次,他都不愿意答话,还常常故意睡在客厅里的榻榻米床上,等匡米回来就假装睡着了。

有一个晚上,匡米回了家,发现他又入睡了,还嘟着嘴,似乎在发泄对她的恨意。她这会儿彻底没了脾气,一直挠他的耳朵,吻他的颈和耳朵后面的皮肤,他终于醒了。

"你真的恨我?是不信任你自己,还是我?"她问。他不答,揉了揉眼睛。

"那你说我平日待你如何?"她又说,"你真的一点都不了解我吗?"

"知道,又不知道。"他终于说话了,"知道你好,也知道有一天你会飞。天空有多高,你会飞多高。你对人没有足够的留恋。你爱的是电影,或者是其他的艺术形式。"

"我会飞,但不一定是单飞。我们可以一起飞啊。一起去纽约,你不是也一直想去玩的吗?给我一点时间,让我做完一些事情,以后还可以在一起。"

"如果做不成呢?"他问。

"一定会成。但如果是上帝要我停下来,我会停下来。信我,我从来没有伤过人。"匡米的口气已经接近哀求了。

荷龙被这句话感动了,他说:"我只是不想把我的坏运气传给你。"可是匡米已经把头移到他的肩膀上,他忍不住把她小心地抱到床上,两人侧身睡着,对视了一个晚上。他们的腿盘在一起,分不出谁是谁的。后来,他们又一起哼起了一首著名的法国歌曲叫《玫瑰人生》:

> 当他拥入我怀抱,/我看见玫瑰色的人生。/他对我说爱的言语,/天天有说不完的情话。/这对我来说可不一般,/一股幸福的暖流流进我心扉,/我清楚它来自何方。

两年后,荷龙去纽约找匡米。匡米在一个私人艺术馆工作,她制作的关于父母的无爱婚姻的短片将在巴黎的一个影展上放映。荷龙有了一个固定的女友,是一个出生在阿尔及利亚的女子。和荷龙一样,她也是个医生。他两在巴黎找到了工作,住在一个郊区的小公寓里,每日坐地铁去城里上班。荷龙问匡米:"你为什么还是单身呢?"匡米的脸上依然露着迷惘:"我一直都还没搞清楚,我究竟在哪里,错过了你。"

荷龙说:"我想,你是天生的尝试者。你想知道天空究竟有多高!"

徙

半　生　梦

　　周佳正低头画着女儿的脸。女儿的脸上半部比较圆,极像她的父亲。女儿的下巴倒还是尖的,拍照的时候,看着比较舒服。她想着女儿的下巴,用铅笔勾勒着下巴的弧度,在她的画笔下,女儿隐约地笑着。

　　女儿倩倩满十八岁了。两年前,她被周佳送到意大利的一个知名艺术学院去上暑期班学画。倩倩的画在学校里一直是被老师称赞的。在那里,倩倩交了一个意大利男友。两年后,倩倩去了佛罗伦萨上艺术学院,并和男友成了同班同学。

　　当画家也是周佳小时候的理想。因为家贫,她不得不放弃这个想法,进了上海的中医学院。她相信医术是可以救人的。她的母亲,在五十多岁那年得了一种自身免疫性的疾病,手指和全身的关节都痛。在她的病发作的时候，当司机的父亲只能用热毛巾给她加温止痛，母亲绝望地看着父亲，又把眼睛移到十个发黑的手指上。父亲从亲戚那里凑了点钱，把她送到上海的广慈医院就诊。医生对父亲说，这是不治之症，让他善待妻子，如果她想吃什么，就给她吃。

他们回到上海郊区的一个小镇后，当地有个略瘸的汉子听人说了她母亲的病情，连夜赶到周家，劝她的家人不要着急。他说自己有个特殊的方子，专治周佳的母亲所得的"黑血症"。

第二天一早，那汉子就熬了几碗中药，送到了周家。并留下了药方，以备后需。周佳的母亲连服那药几周后，症状竟都消失了。周佳对那位救了母亲一命的人心存感激。

读书对周佳也不算太累。但中医是个需要背的学科。她的记忆能力不错，却不喜欢记药名和穴位。她的成绩不好不坏。就在那个学校里，她遇到了后来跟她结婚的王珏。

美东的夏日素来闷热。也许是心烦，她身体的温度始终降不下来。她宠爱的一条大狗杰米，从她的卧室出来，慢慢地走到厨房，瞪大眼睛，像是在探测她的心底。周佳没有理会杰米的目光。她集中心思地用笔蘸了棕色的油墨,给女儿的"外套"涂上淡棕色。杰米觉得被冷落了,伸出舌头喘气,算是惹主人看它几眼。

周佳涂完了画里衣服的颜色,搁下笔,突然想起王珏今天跟她说的话,火苗又蹿上心尖,鼻梁旁渗出两条汗汁儿。她原以为王珏跟上海的露露已经断了,才同意他搬回来住。没想到,王珏凭着一点小智商,又搬出些小诡计来。他说目前若是他靠在新泽西做报关的生意的收入,他将达不到他为自己所设的人生目标。他必须在上海再开个公司,想从那些想把一些老货运到美国的上海有钱人身上赚点钱。

"上海有的是这样的阶层,托人来找我的已经有十来个了。海关不轻易让他们的东西出关。其实,我需要做的是帮他们给要托运的东西做点文件而已。"

周佳当时冷笑了几声,说道:"难怪我妈生前说,穿破男人三条裙,不知男人什么心。你不就是还要那个贱女人替你坐写字楼吗,找点想靠卖古董发财,但又没门路的人上钩,你每次回国便可以跟她度蜜月!"

王珏的脸上没露出一丝尴尬,他道:"我赚的钱还不都是交给你的。她只是替我们打工的,至于薪水嘛,按她跟客户的成交率算,再给点小费。我们以后赚的,你拿的是大头。再说,我都这年龄了,其实还能干让你不高兴的事？"

她在他的身上捶了几下，骂他"畜生"，把他推出门去了。

她放下了画。走到卧室里照镜子，看见脸上的汗渍，她不住地用手巾擦，可总擦不干。脸热得通红，汗不停地从身上滋出来，她感到疲乏，靠着沙发躺了下来。

嫁给这个男人，大概也算是缘分。当时，班里追她的人很多，其中不乏高干子弟。但那些男生只会写情书，有个别的写朦胧诗送她。伶俐的她一读，就看出他们的词句是从海子或顾城的旧诗里抄袭的。

王珏与众不同，他的成绩名列前茅。但他是远离其他男生，躲起来读书的那种。有时到黄浦区的一个私人开的中医黑店打工，收入不菲。他还是学校排球队的主力队员，虽然打的是二传位置，但他在场上的表现是耀眼的。他能把握时机，及时地把球传给一个站在最佳位置的队友。她觉得他在传球那一刻，心思如姑娘绣花一般细腻。他说话的声音也特别好听，普通话的咬字很准。让她倾心的就是这样一种男生。

毕业前，在一个有中医科的医院实习的时候，他俩被分在同一个小组。王珏被老师指定为组长，他的能力便显现出来了。比如带教的老师让他们试着给患者开药方,她脱口说出的几个药总是被老师批评忘了药效之间的平衡。而他已经非常了解各种药的功效,老师常夸他已经有半个医师的架子。

她想起王珏向她示爱的情景。毕业前夕,几个同学们约好了一起去黄山玩。登山前的一个晚上,她睡不着。第二天,她在一个女同学的催促下才起床。他们在山底下买了干粮,背上水壶便跟着导游上山了。一路上,她觉得头昏,甚至想吐,但她怕坏了大家的兴致,便一直没敢发声。她勉强地撑着,到了半山腰。导游便让大家休息,按照原计划在半山的旅馆住一个晚上。

这个条件很一般的旅馆居然还有个交际舞的舞厅。她是爱跳舞的,也很希望通过跳舞来克服负面的情绪。她没吃晚饭,只喝了一碗粥。他坐在她的身边。她是希望他来约她跳舞的。等音乐响起的时候,他果真邀请了她。

当他们开始跳当时非常流行的吉特巴时,他看出她的身子有点弱,便只跟她跳了一曲,然后请她到旅馆外去散步。他们坐在一块石头上,聊了一会儿,她便呕吐起来,弄脏了他的白衬衣。他索性就把衬衣脱下来了,让她靠着他的身体躺一下。他把衬衣的干净部分垫到她的头下,静静地望着她。"我喜欢看见你柔弱的样子,可你平时看起来总是那么强。"

她感到自己第一次被人读透，既害羞，也有点感激。他就是她的那个他了吗？她慢慢倚着他的腿部便睡着了。他看着她，欣赏着她面部的一些小动作。她的眼球在眼睑下转动，耳朵像是听到什么，耳垂微微竖着。她嘴里发出某种声音，像鸟语一般。他觉得周佳简直有点神秘了！他看到她手捏拳头的动作，突然想到她那样做梦会很累的，他轻轻地把她的手指松开了。可她突然说起话来："妈，我不是不想出国，我现在不够条件！"

他像是有点受惊了，原来这女孩的脑子里装着一个出国的梦。为什么要出国呢？都快二十三岁了，学英文多累啊！而后，他又听见她喊："妈，你不要老帮着弟弟，他老是陷害我！"

带队的导游突然出现在他的身后。他问："小伙子，原来你们在这儿呀！这是你的女友吗？她好像睡着了。"

王珏尴尬了一阵，突然就承认了周佳就是他的女友。第二天在大堂吃早饭的时候，导游有意无意地跟他周边的人说起，周佳是王珏的女友。周佳已经忘记自己是怎么回到女伴的房间的，但她记得自己躺在王珏身上的事情。当一个跟她亲密的女友问她时，她没有否认。她的身体突然好起来了。第二天登山时，她常常在王珏的身

徙

边。在过几个险道时，他是走过去的。她是一步一步移过去的。也许是因为他在前面等她，她便有了压力，是他弱化了她的意志。想到这里，周佳掉下泪水。

杰米睡着了，屋内变得很寂静。周佳回想着她和王珏在中医学院读书的那段日子。说不上是心心相印，也是两情相悦。出国后不久，倩倩就出生了。她在家带孩子。王珏是学生身份，只能在业余时间在新泽西的一个诊所给人做推拿和扎针灸。王珏当时还没拿执照。虽然要找他的病人多，但他的收入只有三万多美元一年。两人都是极要强的，都觉得要做些什么改变自己的人生。有一天，王珏问周佳，如果他们两个在美国办个离婚，两人分别花钱去找有身份的人结婚，她会不会介意这种小计谋。她听了以后先是打了他一巴掌，然后叫他滚出家门。他听话地离开了。

想到这些，她右边的太阳穴便疼痛起来。他的这个计谋是投向他们婚姻的第一把剑。她是要强的，既然他提出来了，她要比他做得干脆。他们去纽约的中国城办了离婚手续，律师还是周佳找的。她只花了三百五十美元，两人都不用出庭。办完了手续后，两人在苏荷区的寿司店吃了生鱼片。那家店从外面看上去有点像居民的住家，店门外挂着一块竹帘子。

半生梦

王珏道:"我们之间的亲情不变。我会管你一生一世。倩倩我已在找人送回国。等我混出点人样,我们再一起过。"

九年后,他和她又在这家馆子见面。寒暄了一番,他问女儿倩倩在哪里?她说女儿上完课后,会有保姆送她过来的。他们面对面地坐着,听着轻微的呼呼风响,脸上带着一种苦涩的笑。

正窘着,竹帘外边有个女孩子向他们走来。她走到周佳身边,坐下,眼角向上挑了一下,发现对面的男人也长着上挑的眉梢。她注意到他的额头有点秃。她看了他很久,就是叫不出爸爸这两个字。"妈告诉我你回来了,我来了。"倩倩穿着一身牛仔装,一张脸热得发紫。王珏看到女儿的这身衣服,觉得有点委屈她了。他拿出一张纸巾去擦她脸上的汗。她傻笑了一下,好像有点不好意思地往窗外看。

女儿已经懂得害羞了,王珏的心有点被震撼。他后悔了,当初,他们决定把女儿送到她的外婆家去住,那时她才四岁。这期间,因为他刚好在转身份,他不曾去中国探望过她。周佳跟一个美国白人假装结婚,同居五年,拿了绿卡后,给了对方五千美元的分手费。这五年里,她在当地的社区大学读了个编程的硕士学位。他也完成了两个硕士学位,而后在新泽西开了个报关所,兼管一些帮国内来的小留学生们找家庭寄宿的业务。

在寿司店吃完饭后,他们一起开车到了周佳买的新住区。他一眼看见院子里盆栽的石榴花,那花开得特别猛,有点像喷血的样子。院子里日光逼人。周佳送女儿上中文学校去了,他独自在一个大房子里。如今,房子、车子、孩子都齐全了,他的心底却是空的。他觉得这房子里所有的东西,对他都是陌生的。他是惭愧的,那房子还是周佳花钱买下来的。

也不知道她哪儿来的本事和力气,先是和其他几个女友合伙,在新泽西买下十个破公寓。她们找了当地的几个西班牙裔工人,在一个有执照的友人的带领下,匆匆刷新了墙,换了地毯,整修了煤气炉灶,便出租给当地的学生。四年后,房子的价钱翻一倍半。她便把她的那份卖给了一个新来的华人,自己买下一个独立房。但王珏觉得,这里面没他的什么事儿。他就这么住进来了,觉得自己很不够爷们。

女儿已长成和周佳一样高,可她看他的眼神是有点冷的,有点挑剔的。无疑,她是他的孩子。但他的心里还是空荡荡的。

夜幕来临,周佳把女儿从中文学校带回来了。女儿给他看了自己在中文学校的画画班里画的日落。倩倩对他说，美术老师很赞这幅画。他很想像一个美国人的爸爸那样紧紧抱她一下，但还是有点怕女儿会反感。晚上他出去买了个镜框，把女儿的画放进去，把画挂在客厅的墙上。

夏日的夜晚，周佳和他脸贴脸地躺着。他抱着她，她感到他的手指有点软，他摸着她腰部感到硬。莫不是因她年近五十，血脉不合，腰部有了结节？他问她是不是时常腰痛？她摇头。于是他就趴到她的身体上了。这些年，他在生理方面的知识似乎是长进了。她觉得，他那些年的按摩师也没白当。没费多少时间，她有了快感。他耐心地等待她，想看到她有点入梦的感觉。

她的右手一直护着脑右侧的耳轮，好像是怕伤到什么。他的节奏在不断地变换着，让她感受到年轻时去加州的迪士尼坐大转轮的感觉。她是感恩于他的。

她突然想到某个晚上，她趴在一个在中餐馆打工的白人身上，听着他的指令行事，她后来实在忍不住吐到他的身上了，对方向她无奈地笑笑，说她简直太天真了。她向他道歉了几次，突然又抽了他一巴掌，离开了他的住处。

她真的恨自己为什么听了王珏的，办假离婚。如果他们可以像别的学生一样,老实地读书,毕业后,也可以体面地找到一份工作。但他们都不想走那条悠长且前途不可测的路。他们要跟同龄人比效率。

窗外漆黑,两个人都有点疲乏了,便有一搭没一搭地说起闲话来。他问:"你跟女儿都是怎么说的我呀?她看我的眼光像看外星人!"

她回道:"就是我们以前商量的那样说呀!你在英国有份高薪的工作。当时我们都忙,就把她送到外婆家。后来,我们有点钱了,就把她接了过来。"他感激地点点头。

几年过去了。王珏又存了些钱。新泽西的地皮太贵。他在马里兰的一个老城附近买了一栋独立房,并在当地又租了个办公室,作为他的报关行的分社。周佳偶尔会陪他一起过来。

那天,两人坐在沙发上看奥运排球,巴西队对意大利队,觉得没太大意思。他把电视关了。

"你呢?这些年都没对别人动过心吗?"她问。

"还真没碰到让我铭心刻骨的。"

"那些随风飘过的有几个呢?"她的声音里还是有一种取笑。

"咱们别谈那些了。总算等到这一天了,重新开始吧！以前，都算我欠了你的！"他吻着她的耳朵，道："咱们都正当年呢！好好过，好好把女儿养大！我还想做大生意呢！"

"你那些报关的小公司，能算什么生意呀！"她道，"你不如跟我一起做房产吧，我们可以多买几个连栋房，修完了出租，等房价好的时候卖掉。"

"房价是比较难测的。目前这里做报关的人不多，在这里我好歹是个老板。以后我会做大的。"他说。她没再接口。他说晚上跟一个国内来的朋友有个饭局，想跟他聊一下在国内开公司的事情。"又是你的什么朋友呀，女的？"她问。

"男的。以前在海关做的，现在退休了。他至少可以告诉我什么做得，什么做不得。"

她耸了耸肩，没有言语。

王珏出去没一会儿，桌上的手机响了。她看了显示号码，是她的针灸医疗师康打来的。康说有个病人取消了约会，他问她今天还去不去他那里治疗腰部。她看一下手机上的时间，是下午 3 点多。便同意在 4 点左右过去。

这个叫"清心"的诊所设在湖边，今年一月才开张。上一个冬天，周佳在铲雪时，滑倒了，扭伤了腰部。她没有把这种事情放在心上,因为她这辈子还不知道腰疼是什么滋味。可当夏天来临时,她的后腰部便隐隐作痛。这种痛逐渐移向臀部,有时候,胃的下部也有一种被牵引着的刺痛。她跟一个女友潇潇说了这事。潇潇说,这不稀奇呀,你大概也快到更年期了。女人到这年纪有腰痛就是肾弱了,你找个中医治治吧。她在网上一搜,就找到了湖边的一个刚开的中医诊所,看着像洋人开的。

诊所里只有四个小房间,布置雅致,气氛宁静。治疗师康是个韩国移民,也带一点华人的基因。他每次都给她预备同一个小屋。康知道周佳喜欢迷迭香的味道,每次都会放一点在她的房间。周佳躺在康给她预备的床上,像个女孩一样乖。她身子朝下卧到床上,身体一点点往床头挪动。

"今天要拔火罐吗?"康轻声问。

"要!我跟你说过,我以前自己就是中医。"她道。

"是,我记得。你的腰痛减轻一些没?"

"好些了,但还是痛啊。今天我老公又惹我生气了,你想不想听我讲故事啊?"

康道:"我最喜欢听人家讲故事。就是讲你们夫妻间吵架的事情也特别有趣。还有你女儿的画,她把你们家的狗画得那么传神。你们真让人羡慕!"康的嘴边轻显一

半 生 梦

弧笑纹,但刹那便止。

周佳一听有人夸她女儿的画,心花怒放。她话兴不断,把存在手机上的女儿在意大利完成的几张画给康看了:"这孩子比我聪明多了! 数学好,艺术也好!"

康也跟着夸了几句,然后慢慢地把装着艾灸的瓶子扣到她的腰背上。

"疼吗?"

"没事的。只要对我的身体好,我都承受得住。"接着,她就把王珏脑子里的那些小点子全都告诉了喜欢聆听的康。

康听完了没有接口,说他要搭一下她的脉象,然后让她自己在屋里躺一阵。他要出去一下。

她躺着,突然就出了身大汗。出汗后,她突然有了一种释放了某种欲望后的快感。

治疗师康轻轻地走进来。她问康刚才给她扎了什么穴位,让她有了一种特殊的感觉。康不会说中文,用英文解释说,他只是针对她的腰部问题和慢性疲劳症,给她扎了几个提气的穴位,还拔了火罐。他说她体内有湿气。她又问康她为什么会猛出汗。他说那是绝经前的症状,劝她不要太伤心。他说,那种事习惯了就好。

她离开了诊所,想着自己该怎么度过这段难堪的日子,也不知道会拖多久。她想着王珏跟她提过的事情,突然觉得那是个好事,觉得自己应该帮他一把。第二天,她起得很早,给王珏做了鸡蛋三明治后,便穿上球鞋,出门跑步去了。跑完步,她到一个健身俱乐部里洗了个澡,吃了一个素的三明治,并喝了杯绿茶。老城里的那些店快开门了,她想再买几个样式好看的绣垫,放在客厅里。

等她走到老城,已经近 10 点了。老城的店主们慢悠悠地卸下了店门。她记得在进老城的拐角上,有个叫"老城国际进口公司"的旧货兜售店。偶尔地,她会在这里看到自己喜欢的东西。她一进去,店主便迎了上来,乐呵呵地跟她说,你是今天的第一个客人,你买任何东西都给你百分之十的折扣。她听了一笑。

不一会儿,她的目光被地上的一块旧绣垫吸引了。图案是一条小鱼在一个池子里游着。更让她喜欢的,是鱼旁还有一只鸟。她暗想到,最难绣的是鸟望着鱼的眼神。她实在太佩服那个绣工的活了。鸟的眼神很生动,但毕竟日子久了,鸟的一只眼睛像是被踩瘪了。她让店主报个价,店主说原本要五百美元,给她打折后四百五十美元。店主扯起嗓门,道:"你是识货的漂亮女子。你看这鸟的红嘴,颜色还鲜亮着呢,小树上还有绣花。这些细节,现在的人绣不出来了。你也考虑一下!"

她的心情大好。但还是嫌这绣垫太旧了,说只肯出两百美元,店主只能点了点头,算答应了。周佳拿着绣垫,愉快地走回了家。她突然觉得要摆脱不快的心情也不难。

王珏在厨房做菜。他告诉周佳昨晚跟友人的谈话还是很有收获的,已经差不多知道有多少表要填,什么年份的家具可能不许入境的。周佳把刚买的绣垫给他瞅了一眼:"这个怎么样,刚在老城买的。"

他看了一眼,道:"你的眼光毒! 这鸟的一个眼珠子绣得像真的一样!"

"你猜我花了多少钱?"

"多少都值啊! 现在的人恐怕绣不出来了。"他继续说着令她高兴的话。

"算你有点艺术眼光。你要干的事情现在我有点同意。其实,我外婆留给我妈一个樟木箱,母亲说好是传给我的,我一直都想运出来呢。你让你那小秘去替我算算,大概要花多少钱。如果你的生意真的牢靠,我未来也可以做投资人。"

王珏把她搂到怀里,撸着她的肚皮道:"聪明如你,看不出这是个大商机? 无论赚多少钱,大头都是你的。那你明天把你们家的地址给我,我让凌凌替我做个预算。"

她在他的脸上掐了一把,道:"你以为你什么都能搞定吗?那就用我外婆的樟木箱做个试验。"

"遵命,太太。今天我做了你最喜欢的蟹饼。看看我的手艺有没有长进,太太!"

他毕恭毕敬地把烤了十几分钟的蟹饼放在盘子里,放在她喜欢坐的沙发上的一个木制端盘上。她看到蟹饼的顶部有一点焦黄,就喜欢起来。她道:"我下个月去上海,会会你的小秘,行吗?"他爽快地答应了。

9月初,周佳去了上海。她先去了母亲家,找了当地一个木匠,把那个酱色樟木箱用布擦亮,她闻到了一种香味。几天后,她租了辆车,让开出租车的弟弟把箱子送到老公的知己晓鸣那里。她原想一同去,但又觉得去了有点降低自己的身份,决定不跟车去了。她要弟弟把货交到露露小姐手上再说。事情移交给弟弟后,她就上美容院享受做脸去了。

她把车子停到一个要交钱的车库里,脚步轻盈地走进了一个朋友推荐的美容店。她刚进门,几个年轻男女便站起来,列着队叫道:"欢迎光临。"

一个叫陈岩的技术总监马上跟她打了个招呼:"阿姐,你想做什么?你的头发有点乱,今天要做头发吗?我帮你洗头。"

"好的。那就洗个头,剪一下,再做个夏天的造型。"她说。

周佳躺下了,闭着眼睛,乖乖地让这个秀气男孩摆弄着她的头发,按摩着她头上的穴位。

"阿姐,你头上有几根白头发了,我帮你拔掉好吧?"陈岩问。

"好的。是一根还是两根?"

"好几根。一起用手指捻掉,好吗?"陈岩很细心。

"听你的。白头发顶讨厌了,我自己想拔掉,最后把黑色的拔了。"她答。

白发被拔掉了,黑发被洗得清清爽爽。陈岩说:"阿姐,现在天气热,我帮你把头发剪得短一点,刘海我也要给你修了。你的额头上有个桃花尖,露出来很好看的。你的头发不用烫太过,我把顶部那层稍稍烫一下,你说好吗?"

烫完发,周佳去账台付账。有个师傅级别的王小姐热心地招呼着她:"这位漂亮的姐姐,你别在意,你的黑眼袋看着很明显。最近是不是很累啊?"

周佳苦笑着:"可不是吗,连简单的脸部护理都没时间做。"

王小姐告诉她,他们在和一个美容医院合作,像她这

种情况可以做微创祛除眼袋手术。这种手术的优点是不痛，无疤痕。效果几天后就会出来。

"我刚刚做过。"她让周佳看自己的脸，"你仔细看看我，一点疤痕都没有吧？"

周佳想，难得回国一次，今天就都做了吧，让王小姐跟医院的医生联系。两个多小时后，某著名医院皮肤科的中年女医生赶来给周佳做了皮肤素质检验，排除了其疤痕性体质和明显的过敏倾向。消毒后，她用那双小巧的手给周佳做了麻醉，然后拿着一个小工具在眼皮底下轻刮慢捻。大概一个多小时后，微创除眼袋手术结束。

"你看着镜子，是不是满意？"王小姐问。

她对着镜子，看不到黑乎乎的眼袋，却看见眼睛下的皮肤发红，感到脸上有点痛。

"医生，我是不是感染啦？怎么觉得这么不舒服啊？眼睛看出去有点模糊。"周佳问。

"这正常。你的皮下脂肪多，所以拿掉也多。我给你开点消炎药。你做的是内切术，而且切口很小。你回去好好睡三天就好了。"医生说。

"可是，你不是说明天就会好的吗？"

"回去好好躺着，尽量不要用眼睛。今天我给你打个折扣。以后，你有朋友要做再介绍给我。"女医生递给周佳一张名片，"有问题你随时找我。"

"请问这种效果真的会是长久的吗?"她问。

医生道:"效果保持七到八年没有问题。不过那个时候，你的整个脸部可能都要动了。"

周佳尴尬地笑笑，眼睛下的皮肤觉得更加痛了。

王小姐看出她内心的不悦，忙说:"没关系，科学每天在进步，到时候会有新的奇迹出现的。下次你来，我跟你讲讲打婴儿胚胎细胞的事情，那才是真正的回春术。"

"回春术? 那倒不必要，心回不去!"周佳朝王小姐笑笑，摇头。

弟弟发微信给她，说自己已经到门口了，自己已见过林小姐，已经交货。周佳坐到弟弟的车子里，对着驾驶座位前的镜子看了老半天。眼袋确实不见了，可自己的眼神似乎变空洞了，不像自己了。她的泪水涌出来，刺激到伤口，很痛。她赶快把消炎药吞了下去。

"露露小姐很靓吗?"她问。

"上乘的，就是人太高了!"

"有多高啊?"

"一米八左右，以前是做模特的，听说连几个官员都喜欢她。"

"哦! 她说什么时候到美国?"

徙

"两个月左右吧,露露人不错的。"

"见一面就知道她人不错?"

"我开出租车,会看人。最近有个女人追我呢!"

"你确信吗?"

"当然。那女的对我说,你如果离了婚,我立刻嫁给你!"她的弟弟信心满满的。

她不再说什么了。从她的皮包里拿出一个镶着宝石的戒指,道:"弟弟,你要好好的,不要轻易变心。这个戒指是给你现在的老婆的,我喜欢她的人品。路边的野花不要采!"

弟弟面露喜色,收下了戒指。

"弟,姐想去看看林小姐。看她是不是常在办公室。"

弟弟同意了。那家物流公司的办公楼在郊外,他们开了很久才找到那栋楼。周佳独自进了楼。等她的弟弟把半包烟抽完,她才下来,脸上的表情淡漠。

回到美国,王珏问她对露露感觉如何。她道:"你别装,她没跟你说她给我什么样的感觉?你总算找到一个嫩模了。恭喜你,王先生!"她笑着。

"她是当过几年模特,但现在喜欢坐写字楼了。"他答。

"恐怕她的期望会更高吧,人家可是有硕士学位的。"

王珏笑了一下，道："看来你对她的印象不错嘛！"

"只要你让我高兴，我是不会难为她的。"她道。

周佳把手勾在他的脖子上，贴着他的耳朵道："你知道的，我快绝经了，身体就一天不如一天了。就算安慰我一下，你就结扎了吧！"

王珏的脸色泛白，一时不知该说些什么。

"你不答应是吧？那我也出去找乐子了，你这不要脸的，你最好离开我。你太装！你为什么不搬上海去长住？你不是一个真男人。"她出了门。

王珏感觉自己被扇了一个耳光，他颓然地坐到沙发上。杰米走到他的脚下，用爪子挠他的小腿，发出一点声音。他把杰米抱到身上，轻轻说："你没觉得我有那么坏，对不对？你是唯一的证人。"杰米没有回答。

近一个月过去了。王珏在一个友人家住着，白天做报关的事情，中午跟露露谈完生意后，谈心。他说哪天他可能放弃一切，到中国陪她。她说："那我就假装相信你好了。"她笑的时候，好像不是把笑意释放出来的那种，总是保留着一层什么。"你的太太还在生我的气吗？"

"没。她只是恨我。我也确实可恨。"

"哥，你不要这么讲啦，你是个很好的人。"她道，"下次回来我们去一次澳大利亚，我很多的朋友都去过了！"

又一个月过去了。露露突然打电话给王珏:"哥,事情麻烦了。你太太的箱子是民国前制造的,给没收了,说不能出关!"

"这怎么可能呢? 你没找我的兄弟帮忙?"

"找了,可是他也出事了! 可能是他出事才影响到我们。我是担心你太太!"露露的语气有点惊慌。

"那我就早点请罪去吧,你先替我挡一下!"他放下电话就往周佳的家里赶。她母亲的遗物没了,他真觉得自己可以去死了! 也许这是命中注定的。

他进了门,看见周佳在画画。她那美好的曲线,和二十八年前一样。她抬头看着他,眼睛里有一种仁慈。他走了上去,从背后抱住了她。他说自己这次是真的对不起她了。

"你们有孩子了?"

"看你想到哪里去了? 是你母亲的遗物,被沉到海里去了。我知道我就是给你命也赔不起的!"

她听了,身体便坐到地上了。他慌忙把她抱到床上,掐她的人中,用毛巾擦去她身上的汗。她这才醒了过来。她看了他一眼,又扭过头去。

"我给你跪下了!"他道,"我明天就去结扎!"

"不用了吧! 咱们这半生都在做梦了,也该醒了。女儿告诉我,她跟他的意大利男友怀孕了,他们要把孩子生下来。我这个月就打算过去!"她的泪水打湿了枕巾。

他说不出话来。地上的那块锈垫上的鸟,突然抬眼看了看他。

业 余 母 亲

　　苏萱刚从北京飞抵美国的华盛顿机场,便接到干女儿玛雅从手机上发给她的短信:"请你快到学校来救我,我出事了,校长说三天不让我上学。"

　　三天不让上学?这孩子能在学校惹出什么大事呢?苏萱用手指重按双侧的太阳穴,舒缓自己的情绪。在她去北京前,玛雅跟她说了,这学期她会努力学习,还说她已经决定上纽约大学的经济系。这孩子跟她的生母太不一样了!泪水从苏萱的眼角溢出。她身旁的一个年轻男人用同情的眼光看了她一眼。她用手指弹去泪水。

　　她在学校的操场停了车,跟接待室的人员打了招呼,然后去到校长办公室。校长助理笑盈盈地迎上来,问明她的身份,而后把她引入校长的办公室。校长身材颀长,瘦长脸,下巴呈三角状。他先向苏萱伸出手。苏萱礼节性地把他的手晃了一下,而后请校长耐心解释一下玛雅到底犯了什么错误。

校长说玛雅这次让大家很吃惊。前天在上化学课的时候,不知是出于何种动机,玛雅把学生们用来做实验用的干冰放进自己的金属水壶里。课后,她跟一个韩国女生一起走出了教室。玛雅突然把干冰和水壶一起扔到校门口的垃圾箱里了,这个动作引发一声巨响。两个孩子怕了,迅速逃离。美术老师汉娜的办公室离那个垃圾箱很近,她第一个迈着小而急的步子到校长办公室举报,希望校长对此事展开调查。校长有点紧张,马上把这事跟恐怖袭击联系起来。他立即找了几个教科学的老师开会。老师们面面相觑,不知该说什么?其中有个女老师说:"校长,那您就给全校同学发个信,问问是谁干的?"校长觉得这个建议不错,便给全校的老师、学生和家长发了邮件。那个韩国女生看到了,回家就对着母亲哭了,说当时她只是在玛雅的身边,完全不知道玛雅的水壶里有干冰。母亲带着女儿到了学校,就告发了玛雅。

苏萱听完,没觉得这是个太大的事。校长却很认真,他必须给予玛雅处罚。他说他愿意相信玛雅不是故意惹祸,但这件事搅乱了学校的宁静。对这类事情的宽容将会影响学校的形象。他决定让玛雅停课三天,在家反省。

苏萱提到玛雅患有中度的抑郁症,她担心这类处罚会进一步打击玛雅的信心。校长面不改色地说:"抑郁症在高中生里并不少见,在我们的县城里的比例大约有百分之二十多。干冰本身是个危险的东西。这事对玛雅将是个教训!"

苏萱说:"这孩子才十五岁,个性特别敏感,她恐怕难以经受这个打击。也许她根本不知道自己在做什么!她是艺术型的,偶尔会有难以解释的冲动行为!校长,在我们年轻的时候,可能都曾经做过自己无法解释的事吧?"

校长道:"你不用太担心,我今天已经跟她谈了很久。她开始大哭,后来甚至说要退学,或者还挂在我们的学校,平时在家里自学,只到学校参加考试。但在二十分钟前,她突然平静下来,似乎也接受了这个事实。"苏萱看了他一眼,心里感到沉甸甸的。

校长的秘书把玛雅带出办公室。玛雅一看到苏萱就抱着她哭。玛雅是恨校长的,他应该知道她不是故意制造恐怖主义,他就想让她背上一个坏名声罢了。

玛雅和苏萱坐在车里。玛雅泪痕未干,扭头看窗外。苏萱问她要不要到40号公路上的韩国糕饼店去买他们的苹果馅儿饼干。玛雅的脸上露出一点笑。

她们走进糕饼店,里面的桌子和椅子都是纯木头制作的。玛雅说她实在是喜欢糕饼店里木头的清香。接着她就挑了几个不同口味的法式小甜馅饼。

"给爸爸拿什么口味的?"她问苏萱。

"一个咖啡,一个柠檬。"苏萱回答。

"你现在开心一点了吗?"她问玛雅。

"好多了。那个校长简直就是个蠢货!"

苏萱忍不住地笑了。

"同学们都知道我受处罚了,我好恨那个校长,我真的恨他! 不过,他到我们学校不久,也许他想借这件事情树立自己的威信。"玛雅道。

苏萱笑了,这孩子真能琢磨大人的心思呀!

两年前的感恩节,苏萱在杰基的家第一次见到玛雅。杰基家的客厅和厨房连在一起。客厅在左,厨房在右。房子的天花板很高。透过厨房侧面的圆弧形的玻璃窗,房子的主人能看见一片宁静的绿色林子。顺着厨房外的走廊前行就是餐厅。纯木的长条餐桌朴素而温馨。这些让苏萱想起了已经逝去的女主人琳达。琳达是个有名气的统计学家,她长得娇小玲珑,眼睛里荡漾着一种知性的光芒。这个房子的设计也许折射了她的内心世界。

客厅的地上随意地铺着一块长方形淡棕色的羊毛毡。苏萱坐在地上,看着正在烤火鸡的杰基的背影和他脑门上的汗水。杰基走过来猛烈地亲了她。玛雅看着他们,脸上露出一种揶揄的笑。

当杰基去有机超市买鲜榨的果汁时,苏萱和玛雅聊了起来。那天,玛雅穿着一件淡橘色的长毛衣,下面配黑色的弹力裤子。她走步的姿势有点像模特。

玛雅给她煮了一杯黑咖啡,并问她要不要加糖?苏萱说自己的血糖有点偏高,不宜多吃糖。在苏萱打量玛雅的五官时,玛雅便问了一大堆关于中国的问题。比如,那里的女人和男人到底可以生几个孩子,空气污染对呼吸道疾病的影响有多大,目前流行的中国经济模式是什么样子,那里的高中生是不是喜欢美国摇滚乐等。苏萱对她的问题有点应接不暇。

当他们三个一起吃饭的时候,苏萱说,玛雅的近似标准的中文发音让她很吃惊。玛雅说,她曾跟母亲琳达学过五年的中文。苏萱微微点头,眼前再次出现琳达那知性的目光。想起琳达,她的内心总有一种不安。

琳达也是个华人,出生在台北。她在三岁那年随父母移民到美国。苏萱认识琳达时,她还在纽约大学当副教授。苏萱应杰基他们系的系主任的邀请,到霍普金斯大学做个报告。系主任对她给的信息非常感兴趣,于是便邀请她申请他们系的教授位置。他问苏萱在她目前的

业 余 母 亲
—————
233

科研团队里,最缺的是什么类型的合作者。她马上回答,她缺乏优秀的、懂生物学的统计学家。系主任马上就提到了杰基和琳达的名字。如此,苏萱很快和杰基联手拿到了一个大项目。苏萱是纽约团队的负责人,杰基是马里兰团队的头。苏萱和杰基逐渐走近,苏萱很快就喜欢上杰基的性格。杰基长得也不是特别帅,但有特色。杰基的左眼大,右眼小。右眼像被手术刀拉了个小口子,周边组织的细胞又硬性挤了进来。结果,他的右眼就成了半个椭圆状。他在跟人谈话时,总是尽量地睁大右眼看着对方,而左眼一闪一闪地像在思考着什么。苏萱觉得,好的科学家就应该长得有特点,她不觉得眼睛有大小是个什么缺陷。

苏萱第一次在马里兰见到琳达,就很喜欢她的秀气和淡雅。那天琳达在给学生教课,系主任带着苏萱去听课。琳达思路清晰,她总是能够找出一个恰当的例子来解释一个颇为复杂的统计变量。她那窈窕的身材更让苏萱羡慕。但琳达是那样害羞,被系主任夸几句,便面色通红。她跟杰基说话的时候,偶尔也会脸红。她曾经是杰基的博士生,毕业后做过他的助理,四年后才升了助理教授。苏萱跟他们一起做项目,总感到自己有点赚了。实际的活由琳达干,但通讯作者都是苏萱拿。她虽然有点过意不去，但没有推辞过。她那时已经暗暗地喜欢杰基，但从来没有表示过。三年前，琳达得了肝癌。杰基在当地给她找了最好的医生。在琳达加入了一个新药临床试验一年后，因对那种药产生了不良反应而猝然离去。琳达走后，杰基有大半年没开口说话。

琳达的追思会，苏萱也参加了，但她没有发言。那天杰基显得很悲哀，他说了别人预期他该说的话。最后他说，琳达是他见过的同行里最聪明的女性！那一刻，苏萱很妒忌。

琳达过世后一年，苏萱和杰基联合写作的论文被一个影响力很强的杂志接受了。她给杰基打了电话，祝贺了他。杰基说自己的心情很低落，并且也有点想她。苏萱便答应抽空去马里兰看望他。

那天是个周五，天空飘着微小的雪粒。她的情绪也有点飘。在她开车上马里兰境内的 70 号公路时，她的眼前一直出现杰基的脸。她想把车往车速略快的左道上开，于是就把方向盘往左转了一下。没想到，就在这个时刻，她似乎看见有个车已经在她的左面。她受了惊吓，忙把方向盘往右面打。可能是打太多了，车子似乎有失控的趋势。她看左面没车，又把车轮往左侧转，这一转，车便飞了出去，在安全岛上打了一个滚。被安全带绑得严严实实的她居然无大碍，只是头皮上有点擦伤。警察很快地来了，安慰了她，告诉她，他将不会给她开罚单，并会马上把她送到附近的医院。

杰基到医院来看她了，他的那只小的眼睛突然也变清亮了。苏萱觉得自己和杰基离得很近，仿佛是空气托起了她的头，她吻了他，并说爱他。之后，她给杰基的系主任写了信，说自己想到马里兰就职。那位系主任很高兴。苏萱便以正教授的身份过来了。苏萱跟杰基没交往多久，两人就决定结婚。苏萱自己因"冷宫"不能生育，跟她交往过的男士似乎都有点在乎这个。她跟杰基没办婚宴，就直接到市政府领证了。领完证，他们跟杰基的父母和哥哥在费城的一个意大利餐厅吃了一餐饭，就算是对杰基的家人有了交代。

婚后，苏萱很自然就喜欢上玛雅。玛雅像从油画里走出来的，说话时灵气逼人。而现在的玛雅，眼睛里有一种忧伤和疑惑。她上的是个名声还不错的私立高中。玛雅的成绩一直算是不错的，她的教育顾问对她未来的预测是进入一个中上等的大学，比如波士顿大学。如果运气再好点，她可能被纽约大学录取。玛雅的父亲杰基是个颇有名气的数学家，玛雅的数学不错，但她比父亲又多了美术方面的天赋。苏萱似乎对当她的继母颇感兴趣。

徙

一个晚上，玛雅对苏萱说起她最近的感受。"这件事提高了我的知名度，现在有好几个男生要跟我约会呢！"

"是吗？"她用近似欣赏的眼光打量着玛雅，"他们是什么样的男孩呢？"

"他们都不太一样，没法归类。其中有一个我有点喜欢的叫麦特。"

"说说你为什么喜欢他呢，他帅吗？"

"还行！他很尊重我，很讲道理。他说不在乎我有抑郁症。"

"你能告诉他这个很好，那你们慢慢交往。如果你觉得他有趣又可靠，你就跟他保持下去。"

"好！"玛雅似乎有点感激她。

"你跟你爸说了这个吗？"

"没有。我觉得爸爸好像什么都不知道，他只懂得数字的意义。但我告诉奶奶了，是奶奶带我去看病的，一个月见那个医生一次。她怕爸爸知道了伤心，就没告诉他。奶奶不想让我吃药，所以我就这么靠自己扛着。奶奶说那些药会把脑子吃坏的！"

苏萱保持了沉默。

杰基在华盛顿的郊区上班。他不久前离开了学校，在一个搞精准医学的公司当生物信息学部门的总管。他挣着二十多万美元的工资,每天晚上 8 点多拖着疲惫的身子回到家。苏萱常烤些简单的牛肉、三文鱼或鸡腿给杰基吃。玛雅则在放学后找同学的家长带她去餐馆买了食物回家先吃,然后在手机上看肥皂剧,或读小说。

每天下班后,苏萱尽量等杰基回来后才开饭。那天吃饭的时候,她没有跟杰基提玛雅的抑郁状态。她知道,在杰基眼里,玛雅几乎完美。苏萱担心他会过度反应。玛雅已经提醒她了:"我也不想让爸爸知道。如果他因为我而辞职,每天在家里看着我,我会难过,也会恨自己。爸爸很天真,也很执着。他总觉得自己能证明什么什么的猜想,我也希望他能够!我不想让我的问题去干扰他!"

在苏萱当了几个月的"见习母亲"后,觉得跟玛雅在一起有乐趣。一个周六她有点兴奋地带玛雅到纽约去玩。她们先去大都会博物馆看了一个王家卫策划的服装展览。展馆里有些综合了中国古代和奥地利现代风格的服装。她以为玛雅会喜欢,可她的脸上显出一副心不在焉的样子。

"妈妈,我们出去吧,这里的人有点装。"她的脸红彤彤的,鼻尖冒着汗。

她们走到桥边,突然看到一个身材细小的东方女子,手持两根细细的枝条,枝条末端是一段棉线,那女子把棉线浸泡在肥皂水里,然后提了起来,张开双臂。大得有点夸张的肥皂泡在两条棉线间抖动。

"妈妈,你有钱给她吗?我太爱这些泡沫了。我是永远都弄不出这么美的!妈妈你听见了吗?"玛雅绕着肥皂泡奔跑着,苏萱便在那瘦弱女子脚边的罐子里放了一美元。那女子长相清秀。

她们在中央公园里的圆顶餐厅里吃饭。玛雅看着餐厅周边的大圆窗,兴奋地叫:"我们好奢侈啊,我们能在这里吃饭!"

"这不是一个很贵的店。我也喜欢这家店面的设计和很多的窗,还有阳光。"

玛雅吃到一半的时候,突然告诉苏萱,"我的成绩最近越来越差了!"

"为什么呢?"

"我总打不起精神来,不想做功课。我老是忘记明天有作业要交!我的最好的朋友喜丽说那是因为我有抑郁症!"

苏萱意识到了:玛雅看出自己是个爱管事的;不仅爱操心,还是对孩子缺乏管理能力的那种。玛雅已经给了她一个任务,就是带她看一个能给她开药的心理医生。

苏萱常在不同的大学或药物公司里做报告,在马里兰州有一定的知名度。她很快地给玛雅找了当地的一个名声不错的心理医师。心理医师叫凯迪。凯迪跟玛雅进行了九十分钟的谈话后,说她患的是少年忧郁症,属于高功能型的。凯迪便给她开了一种药,是个连苏萱都知道的"百忧解"。玛雅服药后几周,情绪就稳定了一些,说话的声音变得沉静,眼里不再闪着一种霸气。苏萱看了有点心疼。

苏萱几乎每个周末带她出去吃饭,买衣服,逛公园。玛雅天生是个衣服架子。苏萱陪她试衣服,她感觉自己像陪着一只有思维能力的白天鹅。

玛雅心情一好转,就不再躲在卧室里睡觉,而是常趴在客厅的地毯上,在自己的素描本上作画。有时她画自己的脸蛋,表情丰富:有极度抑郁的,有兴奋开朗的,貌似自己拥有整个宇宙;也有挑逗的,或冒充守规矩的女子。苏萱把玛雅的画传给她的一个高中男同学看。那个叫青池的同学看了说,这孩子对油画的感觉特别好。她不搞艺术可惜了。他建议让她到中国来搞个小型画展。青池自己一边在上海做医生,一边画画,偶尔也能卖出几张去。青池找了一个拥有画廊的朋友打听了,友人说玛雅只要画十六张人物画就好!苏萱听了直乐,十六张对玛雅简直太容易了。但她又不敢马上告诉玛雅。毕竟，玛雅是个不定性的主儿，哪天说不想画就撂下了，自己岂不是自寻倒霉？可她心里又不愿意放弃这个机会，老想做点什么给玛雅一点鼓励，或者说刺激。

有一天，机会来了。玛雅的艺术老师突然给了她本季"最优秀的学生"的荣誉。玛雅的心情大好，脸上露出一种圣洁的光。

玛雅那一夜简直就歇不下来，把第二天的数学考试忘得一干二净。等她醒过来，突然想起早晨有考试，而她不曾做任何复习。她连忙敲他们卧室的门，跟苏萱说她今天头痛，不能去上课了。苏萱有点担心，便说自己今天不需要去上班，在家里写文章。

玛雅在自己的房间里睡到12点，穿着拖鞋和睡衣下了楼。苏萱问她要不要吃她正在做的蓝莓馅饼。她说不要。她做出央求的样子要苏萱开车带她去星巴克买咸肉夹鸡蛋三明治吃。

"已经是午餐时间了。"玛雅说。苏萱顺便问起她在"干冰事件"后是否又见过校长。她说偶尔她会在学校的走廊看见他。

"他就是个蠢货，简直跟特朗普一样！"玛雅想起校长，依然觉得委屈。

"你也不喜欢特朗普？"她有点诧异。

"我不喜欢他对女性的态度！他甚至还不肯晒他的税单。其他的我不管。"

苏萱笑着问："你吃的这个药对你还管用吗？"

"有点吧，但不明显。我的情绪还是低，有很多时候不想做功课。心情太低的时候就想到死！"

"那医生说要等四个礼拜到八九个月才会有稳定的效果，你耐心一点儿。下周我和你爸爸都要出差。你早上要自己起来，坐公车去上学，你行吗？"

"没问题，你们走吧！我可以让喜莉住在我们家，她会在早上叫醒我上学的！"喜莉的父母在她三岁那年离了婚，喜莉也一直寻求稳定的友情。玛雅似乎和她很投缘，两个孩子常煲电话粥。

"你们不用担心，我们会一起做功课的。"玛雅补充道。

她想，就让这两个孩子互动一下吧。"那你每天晚上给我们打个电话好吗？不然我们会担心的。"

"爸爸才不担心呢！妈妈死的时候，他都没有哭！但他有好几天没吃饭。"

"是吗？"她听了心里一震。

"我没看见爸爸哭过。我哭的时候，他就说，你要坚强,坚强的人不哭。有时候我觉得他很麻木,或者他不是那么爱妈妈。"她突然看着苏萱道:"那天在中央公园,我们看到的用木棍夹着冒沫的人,她好像我的妈妈!"

"是的!"苏萱有点心酸地点了点头。玛雅没再说话。

大约是下午2点,杰基和苏萱坐在公务舱的座位上,喝着他们手里拿着的香槟酒。苏萱把自己的手放到他的手心里。她的手掌很小,总有着一种让杰基感到舒适的体温。他把手搁到她的脖子上,揉了一会儿,道:"我们很久没有亲密了。真对不起,我最近有点冷漠,你感觉到了吗?"

"能感觉到。"她用右侧的头发遮住自己的眼睛,眯起左眼看他。"没什么,我们都是有特殊使命的人。况且,再好的大餐,也不需要天天吃呀!"她说。

他的眼睛湿润了。"你是个好女人! 你简直没有任何坏习惯。跟着我,委屈你了。"

"不要这么说,我不怕寂寞。能看见你,总比见不到好!"她道。

"你不知道我多沮丧! 我最近遇到了一些挑战。"他说。

"是什么样的挑战?"她问。

"我的脑子好像快使不动了。工作三十年,脑汁不够用了!"

"可是你还不到五十五岁,在美国的退休年龄是六十六岁!"

他苦笑了一下。"你真会做到六十六岁?"

她答道:"这谁知道? 不过我还是真想干点跟精准医疗有关的东西。可惜我没你的计算能力,我觉得我不如琳达。"

"亲爱的,你好好睡吧,我看你总是精神很好的样子。你一直在过分消耗体力!"他嚼着她的耳根,像吃着口香糖。

在飞机降落在北京的那一刻,杰基急迫地开了手机。他看见了他几乎不能相信的消息,特朗普赢得了选举。他把正在酣睡中的苏萱弄醒了,蹲下身子,在苏萱的耳边轻轻地说:"亲爱的,我们担忧的事情终于发生了。他们将统治美国。"

她猛然坐起来,看着他的手机,不愿接受这个事实。"这是结局吗? 我不信。"她用右手紧紧地捏住自己的左手的手指。

"我们只能接受这个事实。这对我的打击不算大,我有点厌倦了竞争。我们再存点钱,干脆一起去维也纳?"

"我不去,我要留在美国。以后还有以后!"

徙

他们把行李拿齐了,耐心地排队出了机舱。过道里,他们听见有人用英语或西班牙语骂特朗普。也有人在呼叫:"我们的人赢啦!"苏萱瞪大眼睛看着那些欢笑者,把嘴唇咬得紧紧的。

　　到了宣武门外的万豪酒店,有门卫上来帮他们拿行李。等他们到了前台,杰基问:"我们不用给小费吗?"

　　"一般不用。"苏萱认识前台的值班经理,便跟非常年轻的他打了招呼。

　　经理道:"我已经给萱姐升级到行政房了,你们俩好好享受!"

　　苏萱笑道:"以后到北京就只住你们的酒店。"

　　他们进屋后,发现他们入住的行政房竟然是带套间的,甚至还有一个很大的衣柜。

　　"你在北京名气很大是吗? 他们对你很恭敬的样子。"杰基说。

　　"才不呢! 你好好抱抱我吧!"她把旅馆给配置的小留声机打开了,里面放的是美国红歌星嘎嘎小姐的歌《完美幻觉》。

　　突然地,他们像年轻人一样滚到床上,把彼此往狠里整了一番,杰基觉得心情大好。他让她趴在自己的身上,俯视自己。他看她的时候好像看天空。"我的天空是低的,你是悬在我头顶上的云。"

"以前我没发现你会写诗呀！是北京激发了你的
灵感？"

"也许。我年轻时写过不少诗。现在不行了,写了两
句就觉得逻辑乱了。我们还是来点实际的!"他把她压到
下面了。也许是飞机上喝的那点酒让略显老态的杰基动
作勇猛起来。上了点年纪的他们,已熟悉了彼此觉得舒
适的体位。在一张陌生的床上,杰基向伴侣展示的性爱
如丝绸一般温柔。渐渐地,他又使出从年轻时就积累起
来的招数,使得她感到像被生姜擦过的那种愉悦。

甜腻的空气让苏萱慢慢进入梦境:雨夜,她在意大利
的比萨车站等火车,她上了火车,坐下来。她前排的一个
肤色黝黑的非裔男子,穿着一双黄色的木头拖鞋,头尖尖
的,右手拉着一个小女孩。她被那双鞋的形状吸引了。
当那个非裔男子下车后,她跟着下了车。他在顷刻间消
失。她留在车站,右手搀着那个被留下的女孩。

晚上 6 点许,杰基把她推醒。"亲爱的,我们出去走
走,至少要去看故宫的门口。"

"好的。真对不起,我一睡就睡过头去了！那我们洗
个澡就出去!"

他们一起走进大得有点夸张的淋浴室,任水在他们

徙

的头顶和鼻子上猛烈地冲。而后他们倒在浴室的地上，腿部交错着。

8点多，他们在长安街上散步。杰基对眼前满街的西方名店有点失望。"全世界都穿着大同小异的名牌，有点无聊。"他嘟囔着。

他们迷路了，稀里糊涂从宣武门，居然走到了西四。杰基说他太饿了，非吃点东西不可。苏萱说："前面好像有家小馆儿，像是吃面的，你要试试吗？"

"好，你知道我很喜欢吃面。"他道。

他们进小馆子后，发现店里只有四张凳子。一个面颊上有点开裂的年轻姑娘问他们是不是要吃陕西风味的面。他们一起点头。面来了，苏萱吃了两口，连连说辣。杰基便取笑她："你怎么这么不能吃辣？"

苏萱大口地喝冰水，嚼冰块才缓了过来。她突然说："我要给玛雅打电话，现在是美东的11点了呀！"

"没事的，她可以照顾自己。"杰基并不显得忧虑。苏萱还是拨通了电话。玛雅等了很久才接起来。"你好吗，宝贝？"

"非常好。"玛雅道，"你们在玩吗？"

"我们在外面吃饭。你的情绪没有太大的波动吧？"

"我没波动。你跟爸爸好吗？你们要多讲话，爸爸老不说话!"

"我们很好!我们在北京说了不少话。"她挂了电话。玛雅语气里的一丝担忧让她感动。

他们并肩走在路上,手握着手。

"不用担心,玛雅其实很成熟。"杰基道。

"你不知道她有抑郁症吗?"她冲口而出。

"玛雅有抑郁症?你怎么知道的?"

"难道你一点没感觉吗?你没发现她的情绪起伏大,不像正常的孩子?"苏萱有点生气了。

"我真的不知道。你什么时候发现的?"

"几个月前。你是不是也有点抑郁呢?你对我很少说话,有时候简直是冷漠!"

"我有过抑郁的诊断,但我能克制,我不需要别人的抚慰。你知道我很在乎你!"

"听我的,你去就医吧!你要为玛雅想想!如果你舒服了,对她是鼓励。她是一个杰作,甚至会是一个未来对世界有所贡献的人。你好好想想!"

第二天,在北京某医院的北美专家会议上,杰基做了一个颇有激情的发言,是关于用机器学习来分析大脑影像数据的。在座的听众们很激动,觉得杰基所创的软件会对精准医学有推动作用。院长当即给杰基发了客座专家的聘书。院长还希望他们能每年来一次。杰基显得很高兴。下午,院长的司机送他们到长城玩了半天。

他们回到旅馆,在行政楼的酒廊吃了点心。玛雅突然来了电话,跟苏萱说自己的心情不好了。苏萱问她怎么不好,是不是立刻需要帮助。她说不要,情绪会过去的。玛雅又跟她爸爸聊了一下,说她的数学拿了 A。晚上,苏萱几乎没睡,一直跟玛雅通微信。

最后苏萱搞明白了,是追求玛雅的一个男生,在她不清楚状态的情况下,进入了她的身体。她说自己很愚蠢,恨自己,看不清自己的感情。苏萱没有对杰基讲这些。杰基却整夜没睡,好像在等待苏萱的谴责。他隐瞒了自己的病情,但他总对自己说,苏萱应该能看出来他有抑郁症。她是个多么灵透的女子!

在他进入少年期的那个年代,得抑郁症依然是人们羞于承认的事。他希望苏萱能责骂他几句,可她什么都没说。他说:"这样吧,我留在北京试试。人换个环境也许会振作起来。"她笑了一下,表示同意。

第二天,苏萱对杰基说单位有急事要她处理,就一个人飞回美国了。杰基则留下来,帮北京医院的医生处理一些比较复杂的大脑影像数据。

苏萱到家后,打开门没看到玛雅,她顿时感到喉咙发干。她就着水龙头猛喝了几口凉水后,开始联系玛雅的女友喜丽。她发了一个温和里带点急切的短信过去。喜丽没回。她开始考虑报警。再想想两个孩子都挺机灵,不至于做出太出格的事情。她突然想到了地下室,她平时很少去那里。那是杰基堆书和藏酒的地方。

苏萱在地下室看见躺在地上的玛雅。她的头歪着,额头有血痕。她在地上发现一个酒瓶子,瓶子有点碎了,半瓶酒洒在地上。她慌忙地抱起玛雅的头,感受她的呼吸。从玛雅的呼吸里,她闻到了一股浓烈的酒精味。

一个多小时后,玛雅醒了,眼神迷离。苏萱拍下来她的照片。她们躺在同一张床上。玛雅醒来后,便抱着苏萱哭了一阵,但没说任何话。苏萱小心地抱着她,看着她又睡着了。

第二天,杰基打电话给苏萱,说自己会在北京待上一阵。他向苏萱致歉,他说以后他们也许应该分居一阵子。他可以搬出去,房子留给他们。他希望她能照顾好玛雅。苏萱觉得他还是在"耍赖"。他要离开一阵也好,她想好好跟玛雅过一阵。她最开心的事是看到玛雅画画时,玛雅的脸上露出的笑容。

春天的时候,玛雅头上的伤口愈合了。她的一张表情冷漠的自画像在县城得奖了。苏萱答应她,暑假的时候,她将送她去法国学画!玛雅一听激动起来。一周后,她的小考成绩出来了。数学、英语和美国历史都得了满分。苏萱很想带他出去庆祝一番,但又怕让她太激动,于是就决定跟她一起在家里好好做顿青菜萝卜饭。她的动作很慢,玛雅一直在拍她的动作。等苏萱宣布开饭了,玛雅已经拍了无数张关于她的搞笑的照片。

苏萱看了很乐。当玛雅躺在地上看书并在她的推特上发照片时,苏萱也拍下无数张有关她的照片。

"我们把照片卖钱吧!也许我们会出名呢!有几张,我们看上去像死了一样。"

"死并不可怕,怕的是有空心病。"

"你说我的心是空的?"玛雅说。

"不是。你很有内容。我是说有的人。"苏萱道。

"你是在说爸爸吗?"

"不是!爸爸没做错事情,其实,他一直都在躲避他自己。也许,有一天他会回来!"

"谁会在乎呀!他想回来,就来。我不是刻意等待他的。但我依然爱他,他像个业余情人!"

苏萱吹灭了桌上的蜡烛,说:"我们还是早点睡觉吧!"

第二天,玛雅的手机没电了。她设的闹钟居然没响。

她没赶上学校的校车。苏萱连头发都没梳理,便匆匆送玛雅去上学。放下玛雅后,她决定去单位附近的一个美容院做护肤。那天她有个演讲。大约下午 5 点,她在手机上看到玛雅的短信,说她想死。"你们不要找我。世界上只有死神眷顾我!"玛雅写道。

"请等我!"苏萱回复了,马上拨了喜莉的电话。喜莉说,由于受"干冰事件"的影响,学校的优秀生俱乐部没有吸收玛雅为新会员。玛雅感到她遭到学校主管层的排斥。她说自己带了不少钱,想到其他城市过一段流浪的日子。

苏萱不知道怎么去找玛雅。她没多想,就把车开到华盛顿特区。玛雅说过,这个世界非常荒唐。在马里兰吸毒非法,而在华盛顿特区却是合法的。玛雅独自出去会干什么?吸毒,酗酒?还是和某个陌生男人干点什么?她自己好像没有叛逆过,所以看不清玛雅的大脑结构。但她是那样迷恋玛雅!她是诗,是画。她真实。

她找玛雅找累了,便在华盛顿的一个小旅馆住下了。床很小,她蜷缩着,像虫子一般。

"求求你,玛雅!告诉我你在哪里。我又冷又饿,想你!"她继续给她发短信,没有得到回复。她流着泪,她真恨玛雅了。她凭什么这么任性?凭什么这么不负责任。

她觉得自己应该离开玛雅了,她对这个世界有更重要的职责。她并不是玛雅的母亲,而她简直在受着这个女孩的折磨。她在手机上打了:"玛雅,对不起,我几乎要放弃你了!"

她突然看见了玛雅的回复:"妈,我在纽约,在时代广场!我跟麦特在一起,我们很开心。纽约人好酷!我喜欢。我跟麦特做爱了。我们一边看书,一边做。是很安全的,不会有小娃娃的出现。你不用管我,我们到时间会回家的!麦特的父母已经给我们买了回马里兰的车票!"

"谢谢你!"苏萱的鼻涕流了下来。她忙不迭地谢神:耶稣,感谢你!玛雅还在回复我,我真的很可耻,请耶稣原谅,我明天一早就去纽约,我会把她带回来。求求你再给我一次机会吧!"

对于苏萱,玛雅已是她生命的一部分。玛雅的痛也是她的痛,玛雅的困惑也成为她的困惑。离一个专业的母亲,她有很长的路要走。她会坚持做玛雅的母亲,哪怕只是业余的!